クールな月城さんは俺にだけデレ可愛い 2

著——村田天
イラスト——成海七海

メイド喫茶

「丈が短いのが気になる……」

「これ、もはやシャワーじゃないの？」

雨に降られた放課後

「こわいじゃん！
ちゃんと腰に手まわして！」

ウォータースライダー

COOL NA TSUKISHIROSAN HA ORE NI DAKE DEREKAWAII

CONTENTS

クールな月城さんは俺にだけデレ可愛い2

村田 天

ファンタジア文庫

3172

口絵・本文イラスト　成海七海

村田天
イラスト 成海七海
クールな月城さんは
俺にだけデレ可愛い
2

登場人物

— Characters —

末久根悠《すくねゆう》

ある事件をきっかけに
女性不信になってしまった高校生。
月城碧とは幼馴染だが、
小学生の時の引っ越しによって縁が切れていた。

月城碧《つきしろあおい》

成績優秀かつ眉目秀麗なクラスメイト。
モデルをやっていてみんなの憧れの的だが、
誰に対しても素っ気ない態度をとる。

赤《あか》彫《ほり》慶《けい》介《すけ》

異様に女にモテるイケメンクラスメイトで、
末久根の友人。
湯田咲良のことが好きだが、
軽くあしらわれている。

湯《ゆ》田《た》咲《さく》良《ら》

ぱっと見は大人しく、礼儀正しい同級生。
でも意外と図太い。
普段は地味で目立たないが、
隠れ美少女で隠れ巨乳。

プロローグ

月城碧《つきしろあおい》に初めて会ったときのことは、あまりに古くて覚えていない。

同じ社宅に住み、同じ年度に出産した親同士がいろいろ相談しあう仲になり、その子どもである俺たちは自然と触れ合う機会が多かった。

性別の隔たりがない時代から一緒に遊び、碧と俺の性格により、その付き合いは奇跡的に小学校四年まで続いた。

もっともそこまでベッタリした付き合いではなかった。小学校に入ってからはずっと、クラスも違っていたし、お互い同性の友人もいた。

俺と碧は学校ではほとんど顔を合わすこともなかったけれど、暇な休日に俺が遊び相手が欲しいときに連れ出したりしていた。そのほかには社宅で行われる小規模なイベントだったり、たまたま近所で会ったときに遊んだりもしていた。あまり無理して遊ぶ感じではなかった。巡り合わせの部分がでかい。

そのころ学校に、末久根悠《すくねゆう》と月城碧が仲が良いということを知っているやつはそういなかったんじゃないかと思う。

隠していたわけじゃないけれど、その付き合いは隠れていた。

小学校四年のときに俺の家が引っ越して、お互い近所ゆえに遊んでいた相手だから、近所じゃなくなったら遊ばなくなった。

その別れはあっさりしたものだった。

そこから数年の隔たりがあって、再び月城碧と会ったのは高校に入学してからだった。

最初に気がついたのは入学式のときだった。

クラス分けの掲示を見て、同じクラスに『月城碧』という名前の女子がいるということを知ったのだ。

その名前を見た瞬間、胸がほわんとするような懐《なつ》かしい感覚に包まれた。

俺は小学校六年のあるできごとから女性不信に陥り、男子校で中学時代を過ごしていたが、一瞬自分が女性不信を患《わずら》っていることを忘れ、その姿を捜した。

あれから時が流れているというのに、そんなことも忘れて、気弱だった彼女が高校入学という新しい環境で、不安がっているのではないかとか、そんな浅はかな考えまで湧いた。

入学式のあと教室で簡単な自己紹介があり、俺は高校生になった彼女の姿を認識した。

彼女は表情なく席を立ち「月城碧です」とだけ言って、特にほかのコメントもなく堂々と着席した。

その姿はけだるげで、こんなくだらないことに付き合わされたくないと、そう言ってるかのようだった。その姿を見て、俺は再び自分の女性不信を思い出した。

俺の知る月城碧は変わってしまっていた。

彼女は不安げな様子などひとつもなく、堂々と胸を張って座っていた。

よく見れば顔立ちは変わっていなかったのだが、その表情にはまるで面影がなく、初見では気づかなかったくらいだ。

それは俺の苦手な『女子』を煮詰めて具現化したような存在だった。

教室でのホームルームも終わり、その日は解散となった。

俺はその日話して仲良くなった虻川《あぶかわ》と藪雨《やぶさめ》と話し込み、そのまま一緒に教室を出た。

彼女は学校にいるのなんて楽しくもなさそうなのに、しばらく教室に残って文庫本を読んでいた。

翌日の朝、下駄《げた》箱で鉢合わせした月城碧と、目が合ってしまった。

彼女がこちらを見て、軽く目を見開き、小さな声で何か呟《つぶや》く。

「ユーク……」

そちらを見ないようにして素通りしたあと、その呪文はなんだったのだろうと少しだけ考えた。

昔は気弱で引っ込み思案だった月城碧は、全方位に向けてそっけない対応をするクールな女に豹変《ひょうへん》していた。

女性不信に陥っていた俺にとって、その姿は嫌悪《けんお》の対象でしかなかった。

彼女はけだるげな雰囲気を醸《かも》し出していて、しつこく話しかけてくる男子の顔を見ようともせず「邪魔」と言い放っていた。

教室で誰かがふざけたことを言って、みんなが笑うようなときでも、彼女は頬杖《ほおづえ》をついたまま、つまらなそうにしていた。

休み時間は文庫本を片手に、自分の世界に入り込んでいる。

たまにクラスメイトが話しかけても、話を続けようとする気がまるでなく、その会話は大抵二言、三言で終わる。

雑誌のモデルをやっているという彼女は大人の世界で働いていて、クラスメイトのことは見下しているように見えた。そんなに態度が悪くても、あまりに美形だからか、加えて文武両道だからか、周りに許されてしまっていた。

俺はあのころ自分にとって大切な人格であった月城碧が、すっかりと俺の憎む『女子』に変わってしまったことを知った。

だからこそ彼女は俺にとって余計に嫌悪の対象で、苦手な存在だった。

俺は変わってしまった月城碧に話しかけようとも思わなかった。

＊　＊

ダイニングテーブルで、碧はこんがりと焼けた食パンに苺《いちご》ジャムをざりざり塗りながら愚痴っていた。

「入学式の日、久しぶりに会ったから……あたしは悠と話したかったのに……悠は知らん顔して友達作ってさっさと一緒に出ていっちゃったんだよね」

「え、あれ本読んで残ってたの、もしかして待ってたのか？」

「うん。久しぶりだし、挨拶くらいしたかった。……でも、なんか話しかけにくかった」

「あー……」

「それで……次の日の朝、下駄箱で会ったから、今度はがんばって話しかけようとしたんだけど、悠はこっちを見ようともしなかった……」

「え、あの下駄箱で、やっぱりなんか言ってたのか？」

「思わず、前みたいに、悠くん……て話しかけようとして、あれ、もう悠くんじゃ変かなとか思って……じゃあ末久根？　とか考えてる間に悠はさっさと教室に行った……」

「そうだったのか」

「あと、あと、そのあとも何度も話しかけようとしてたのに、悠はびっくりした顔で逃げてくから……」

「いや、碧が話しかけようとしてたなんて、そのころは思いもしなかったんだって……」

「あたしはずっと、悠と仲良くなりたかった……」

「え、じゃあもしかして朝唐突におはようって挨拶してきたのも、ベランダにいるとき急に隣に来たのも、俺が落としたゴミ走って届けにきたのも？」

「たくさんあったから覚えてないけど、何度も、ずっと話しかけようとしてたよ」

そのころの俺は、再会した碧をまったく信用できなくて、言動はだいたい悪いほうに捉えて勝手に嫌われていると思っていた。

「あ、そういえば……放課後友達と廊下で話してて、帰りに教室の前通ったら碧が俺の席座ってたこともあったな。あれももしかして待ってた？」

言ってからパンをかじり、もぐもぐして牛乳も飲んだ。

あの日、碧は机に突っ伏すようにして頭だけ上げて、窓の外を見ていた。

俺は、鞄《かばん》を持って出ていてよかったと胸を撫《な》で下ろしたのだ。

返事がないので顔を上げると、碧が真っ赤になっていた。

「……それ、見てたの？」

「え、なんでそんな……話しかけようと思って待っててくれたんじゃないのか？」

「ち、違うの……あれは……見られてるなんて思わなくて……あれはただ……」

どんどん小声になっていく。

「ただ……？」

「座りたかっただけ……」

碧が消え入りそうな声で言って、テーブルにパタリと顔を伏せた。

「悠のバカ。見なくていいとこばっか、しっかり見てる……」

恨みがましい声で言った碧は、顔を上げてもくもくとパンを食べてから、マグカップに残っていた紅茶を一気飲みして立ち上がる。部屋着のショートパンツから伸びた脚がすらりと眩《まぶ》しい。

「準備してくる」

「え？」

「初詣、一緒に行くんだよね？」

「あぁ、うん」

友好的とはいえなかった再会から、およそ九ヶ月が過ぎた。

話もろくにできなかったころから考えたら信じられないことだが、今ではこうして二人で食卓を囲むこともよくある。

俺と彼女はぎこちないながらも友人関係を育み、その関係に二人で名前をつけた。

俺と月城碧は『親友』となっていた。

親友の章

初詣

元日の朝。碧《あおい》と連れ立って初詣に出かけた。

神社は着いたときにはすでに人でごった返していた。

俺と碧はダウンジャケットやコートにマフラーを巻いた防寒重視の普段着だったが、晴れ着の人間もたくさんいて、いかにも正月という空気感だった。

「すごい人だね。はぐれちゃうかも……」

そう言って碧がおずおずとした仕草で手を伸ばしてくる。

確かにこの人混みの中、姿を見失うと大変そうだ。素直にその手を取った。

並んでお参りをして、おみくじを買う。

俺は末吉で碧は大吉だった。見せ合って末久根《すくね》の末だとかしょうもないことを話していたところ、背後から知った声に呼びかけられて振り向いた。

「あれ、末久根と月城《つきしろ》さん、ついに付き合いだしたのか？」

「なんだ、赤彫《あかほり》か。見ての通り前と変わらず付き合ってないよ」

「手ぇ繋《つな》ぎながら見ての通りとか言われてもな……」

指摘され、とっさに離そうと手をぶんと振ってしまったが、碧が強固に摑《つか》んで離さなかったので繋いだ手を見せびらかしただけになった。

「こ、これは大量の人々の中、はぐれないためのシートベルトのようなものだ……な？」

碧に同意を求めようとしたが、相手が赤彫だったせいか会話に参加しようともせず人波をぼんやりと見つめていた。興味、関心が薄過ぎる。

「末久根、お前……俺とはぐれないために手繋ぐか？」

「ははっ。それはごめんだな。そんなことするなら東京と大阪間くらいにはぐれても構わない…………いや、これはそういうんじゃなくだな！」

碧はフラフラしていてすぐいなくなるし、友達といえども、赤彫と同じにはできない。

赤彫は尚《なお》もやや目を細めて見ていたが、構わず話を逸《そ》らした。

「赤彫は、誰かと待ち合わせなのか？」

「いや、おれはこれからバイトなんだよ。ちょっと早く出たからついでに初詣に寄っただけで……あ、やべ、遅刻する。じゃあなー」

赤彫はスマホの時間を見て、慌ただしくその場を去っていった。

甘酒を買おうと移動しているとまた別の声に呼び止められる。

「あけましておめでとうございます！」

丸っこい声に振り返ると笑顔の湯田《ゆた》がいた。晴着を着ていた。

さっきまですました美人の石像のようだった碧の表情が今度は動いた。

「咲良《さくら》、あけおめ。着物すごく似合ってる」

「えへへ。ありがとうございますー」

「誰かと来てるの？」

「はぁ、私は……見ての通りです」

湯田がそっと指し示すほうを見ると一組の夫婦がいて、こちらに笑顔を向けてくれた。

両親と来ていたらしい。めちゃくちゃ小柄なお母さんと、熊みたいにでかいお父さんだ。

湯田は体型は母親似だが、顔だけ父親によく似ている。

「そういえば、さっき赤彫がその辺にいたぞ」

「えっ、ありがとうございます。気をつけますね！」

いや、そういう意味じゃなく……見かけたら新年の挨拶とか……思ったが言わなかった。

湯田と別れた直後、今度は遠くにクラスメイトがいるのを発見してしまった。

近隣で一番大きい神社なせいか、予想以上に知った顔がニョキニョキ出現してくる。

幸いそのクラスメイトにはまだ気づかれていないようだったが、これ以上目撃されたらあとあと面倒だ。早めに引き上げたい。

紙コップの甘酒を飲んでいる碧に声をかける。

「そろそろ帰ろうぜ」

「……ん、そだね」

帰ろうとすると、当たり前のように再び手が繋がれた。

神社を出たあと、思い直したように碧の手が動き、今度はかっちりと絡《から》めるように繋ぎなおしてくる。いわゆる恋人繋ぎだ。

「うん……」

しれっと繋ぎ方を変更した碧は、何やら納得したような声を出して小さく頷《うなず》いた。

「何が、うん、なんだよ」

「こっちのほうがあったかいかなぁと思って」

「あんま変わらなくないか？」

「こっちのほうが指先の冷えに対応してる気がする」

「そ、そうかなぁ」

「あと、フィット感も強い」

「あそう……」

フィット感てなんだよ……。

「昔、一度だけ両方の家族で一緒に初詣行ったよね」

「そうだっけ」

「あたしが凶をひいちゃって……」

「思い出したぞ。碧が神社で失踪したやつか」

小学校二年くらいだったろうか。二家族揃《そろ》って行ったのはその一回だけだ。

おみくじの結果にショックを受けた碧がフラフラとどこかに行って、全員で捜した。

大きな樹《き》の陰で泣いているのを発見したのは俺だ。俺は昔から碧を捜し出すのが得意だった。碧は泣きながらおみくじを結んで帰った。

ゆっくり話しながら帰路につき、見慣れた自宅前に戻ってきた。

ポストを開けると年賀状の束が入っていた。俺は一枚も書いてないが、親世代は仕事関係や、もっと古い世代との付き合いもあるのだろう。年賀状の束は結構分厚かった。それを持って家に入った。

腹が減ったので棚を漁《あさ》るとカップ麺があった。着替えをすませてきた碧に声をかける。

「碧、お湯沸かすけど、どっち食べる？」

二種類のカップ麺を並べて聞く。碧はカップ麺の前まで来て、細目で睨《にら》むように吟味して答えた。

「シーフード」

「はいよ」

カップ麺で少し遅い昼飯を食べた。

先に食べ終わったので、暇つぶしに年賀状をトランプのように仕分けていたら、何枚か自分宛のものを発見した。

一枚は小学校六年の時の担任。マメな人だった。

次の丸っこい字はクラスメイトの虻川《あぶかわ》。こいつはとりあえず思いついた全員に書くタイプ。こちらの、さほど上手《うま》くないわりにやたらと力強い毛筆は同じく級友の及川《おいかわ》。

それからもう一枚、すらっとした綺麗《きれい》な字が目に入った。

『あけましておめでとう。今年もよろしく』

その短い文章の隣には猫にしか見えない虎の絵が描かれている。裏返すと差出人のところには月城碧とあった。

思わず目の前で麦茶を飲んでいた碧を見る。

碧は俺が見ているのに気がつくと、不思議そうな顔で俺の手元を覗《のぞ》き込み、じわじわと顔を赤くした。

「あ、それ？　書いちゃった……」

「……えーと、ありがとう」

「ど、どういたしまして……」

「年賀状なんて書くんだな……俺、一枚も書いてないよ」

「あたしも……悠《ゆう》にしか書いてないけど……」

「じゃあ、返事書くよ」

「え、今？」

「うん。忘れないうちに」

確か親が余ったやつを棚にしまっていた。

それを見つけ出して、表に宛名を書き入れたあと、裏に碧と同じ文面を書く。

碧がその手元をじっと眺めていた。

「できた。はい」

ポストに入れるのも馬鹿馬鹿しいのでそのまま手渡した。

「あ、ありがとう……！」

碧はそれを受け取ると、じっと眺めていたが、自分の部屋に入ってから戻ってきた。

「しまってきたのか？」

「ううん。飾ってきた！」

「いや、なんで飾ったの……やめてよ」

飾られると知っていたならもう少し綺麗な字で書いたのに……いや、そういう問題でもない。

「だってなんか嬉《うれ》しくて」

碧がそう言って楽しそうに笑った。

「今年もよろしくね」

「うん。今年もよろしく」

新年の挨拶をした俺と碧はそのままリビングで、昨日やっていたゲームの続きをした。

冬休みの水族館

その年の冬休みは不思議な感じだった。

親友となった月城碧がすぐそばにいる生活だ。

彼女は俺が苦手とする異性であり、幼馴染《おさなな じ》みであり、親友となった女子だ。近くにいるとどことなく落ち着かなさもあるのに、楽しいし妙に安心する相手でもある。

仲良くなってからは二人ともあまり部屋には籠《こも》らずリビングやダイニングで各々《おのおの》好きなことをして過ごすことが多くなった。

わが家のキッチンはダイニングと、そこからぶち抜きでリビングまでつながっている。一階の大部分をしめるそこはそこそこ広く、二人で過ごしやすい。

碧はいつもの襟ぐりの緩く開いた服とショートパンツの部屋着でダイニングテーブルの椅子に座っていて、俺はリビングのラグの上で温かいエアコンの風を受けて寝転がっていた。

近くに置いていた俺のスマホが着信して、見ると赤彫から電話だった。

碧が宿題をしていたので、邪魔をしないよう、なんとなく廊下に出て受けた。

「おう……どしたの」

「ちょっと頼みがある」

「湯田がどうかしたのか？」

「そう、湯田に会いたいんだよ！　よくわかったな。なんでわかったんだ？」

お前がほぼその用事でしかかけてきてないからだ。

「……湯田とならもう二人で会えばいいだろ。お前確かクリスマスに二人でデートに行ってなかったか？」

そう言うと、電話越しに赤彫が黙った。それから珍しく神妙な声を出す。

「そう、それが問題なんだよ……」

「んん……？」

「あー、実はな……」

赤彫との通話を終えてダイニングの碧のところに行く。

「あのさ、赤彫が……また四人で遊びたいらしいんだが……」

一瞬だけノートから顔を上げた碧が即答した。

「え、やだ」

また、ノートに視線を戻しシャーペンを滑らせながら言う。

「二人で遊べばよくない？　あたしも咲良とは個別に会ってるし……悠とも……ふ、二人で遊ぶし……」

後半は若干モゴモゴしていたが、どうやら赤彫が加わることの旨《うま》みが碧にはもはやまるでないらしいことは伝わった。

「それがな……赤彫のやつ、クリスマスデートで湯田に振られたらしいんだよ」

「えっ……」

　碧が顔を上げてシャーペンを置いた。

「そんでも諦めてないし、気まずくなりたくないから、休み中に会いたいんだと……」

「……あー……でも、それ普通に咲良が断るんじゃないの」

「まぁ、その可能性も濃厚なんだけど……一応頼んでみてくれないか？」

「悠がそう言うなら……もー赤彫、なによ……」

　ブツブツ言いながらも今度は碧が廊下に出て、湯田に電話をかけてくれた。

　数分後戻ってきて、小さな息を吐いてから俺の顔を見て言う。

「咲良、来てくれるって」

「ありがとう。湯田、よくオーケーしてくれたな」

「まぁ、気まずくなりたくないのは同じみたいだったから」

「なるほど……湯田は義理堅いな」

　そんなわけで結局、冬休み最後の日に四人で水族館に出かけることになった。

　碧と揃って行った駅前の待ち合わせ場所には、ロダンの『考える人』のような格好で陰気に座る赤彫がすでにいた。

体から瘴気《しょうき》のようなものが出てる気がするくらい陰気だった。

「お、おい、大丈夫なのかよ……」

「ん？　末久根か。だ、大丈夫大丈夫……おれ、イケメンだし……」

だいぶ大丈夫じゃなさそうな返しをしてきた。声もヒョロヒョロしてて精気が薄い。

初詣で会ったときにはすでに振られていたのに普通だったから、日常生活に差し支《つか》える
ほど落ち込んでるとかではなく、これから振られてからぶりに湯田に会うのに緊張してい
るのだろう。顔色も悪い。さすがに少し気の毒になった。

「あー、うん。大丈夫だよ……」

「そう思うか？」

「お前モテるんだし、湯田にゴミのように嫌われてもほかにも女子はいるからさ……」

「その方向の慰めは欲しくねえよ！　あとそこまで嫌われてはない……はず！」

「慰めの方向性なんて知るか！」

「おまたせしました」

ちっとも慰めきれないうちに静かな声が聞こえて、時間ぴったりに湯田咲良が到着した。

こちらは普段から落ち着いているので、雰囲気だけ見るといつもとそこまで差はない。

初詣のときも、あとから赤彫に聞かなければ、そんなことがあったなんてわからないく

らいに、いつも通りに感じられた。

いつも湯田がいるとやかましいノリの赤彫が絶妙に神妙な顔で、一度口を開けたあと、ぱくぱくしてから引き結んだ。

湯田は数秒無表情でいたが、ため息を吐《つ》いてから「お久しぶりです……赤彫くん」と声を出した。赤彫がロボットのようにスッと立ち上がる。

「あ、あぁ、しっさしぶりぃー？」

やけに明るいトーンを出そうとして失敗したのか赤彫が噛《か》んだ。その様子を見ていた碧が、唐突に俺の背中に顔を埋《うず》めてボフッと音を出したあと細かく震え出した。

「あっ、月城さん、そんな笑うことないだろ！」

「だって赤彫、声……裏返ってたし……く、くくっ」

なぜか碧のツボに入ったらしく、なかなか収まらない笑いにやがて湯田もふふっと笑って言った。

「行きましょう」

電車に乗ってはるばるやってきた冬の水族館は、幸いなことにそこまで混みあっていなかった。全員で白い息を吐き、寒い寒い言いながら入館した。

赤彫が本領発揮していない今、そこまで水族館に積極的な人間がいなかったので、特に何を見ようとかも話さず、順路通りに粛々と進んでいく。

碧はクラゲが好きなようだった。新しくできた大きなクラゲの水槽で、ライトに照らされ透けて光るクラゲを熱心に見ていた。

俺はものすごく来たかったわけでもないが、パネルの名前と魚を見比べたりしながらまわっていると楽しくなってきた。水族館。悪くない。

うちに魚はいないので普段は食卓にあがる状態しか姿を見ない。魚が悠々と泳いでいるのは新鮮だった。海にもいろいろある。太平洋、インド洋、北極海、スーパーではお目にかからないような変わった魚がうじゃうじゃいた。

「ふはは。赤彫、魚の顔って正面から見ると面白いな」

「末久根……お前は呑気《のんき》だな……」

赤彫にため息交じりに言われる。しかし、のどかな水族館で謎の緊迫感を纏《まと》っている赤彫のほうがよほどおかしい。

順繰りにまわり、ジンベエザメの水槽の前で赤彫と「でけーでけー」と言い合い、そろそろ昼飯かなと話してからふと気づく。

「あっ！　碧がまたいない！」

「碧さんならさきほど、もう一度ちょっとだけクラゲを見たいと……」

「悪い。俺連れてくる。すぐ戻るから二人はここにいてくれ」

碧は聞いていた通りクラゲの水槽の前にいたが、俺に気づくとバツの悪そうな顔をした。

「ごめん。すぐ戻るつもりだった。写真撮ってなかったから、撮りたくなって。見てこれ、すごくうまく撮れた。奇跡的なくらい水槽を撮った感じがないでしょ」

「あ、ほんとだ。綺麗《きれい》だな」

碧がクラゲの水槽を撮った写真はなかなかに綺麗だった。

「そんなに好きならクラゲと一緒に写れば？　俺撮るよ」

「え、それなら悠も一緒に」

「いや、俺はべつにクラゲは……」

碧がすばやく近くの人に頼み、いつの間にか碧とクラゲと俺の記念撮影がされた。

「送るね」

「……ありがとう」

すぐに、クラゲと美少女と、近くにいる通行人みたいな写真が送られてきた。

大きなボタンのついた温かそうなコートに長めのスカートを穿《は》き、モコモコしたブーツの美少女がクラゲの水槽をバックに笑顔で立っているのは何かの広告のようだった。

しかし美少女が通行人のダウンジャケットの袖をちょこっと握っているのが凄《すさ》まじいまでの違和感を醸《かも》し出していて笑える。完全にNGカットだ。

「あれ、悠……あの二人置いてきたの？」

「…………やばい」

言われて思い当たる。振り女と振られ男を同じ水槽の前に置いてきてしまった。

急いで戻ると二人は依然ジンベエザメのいる水槽の前で棒立ちしていた。

その距離は一メートルは開いている。あまり楽しげではない。

湯田はもともと小柄だが、長身のはずの赤彫のほうも猫背で小さく煤《すす》けて見える。

振り振られたあとの男女とは、なんと気まずいのだろう……。

そっと近寄ったところ、湯田の小さな声が聞こえてきた。

「赤彫くん……意外と落ち込むんですね」

「ひでえ……そりゃ、めちゃめちゃ落ち込むし」

「いえ……赤彫くんのことだし、もう切り替えてるかな、と思ったりもしたんですけど……意外でした」

ふふ、と笑いながら言う湯田の表情は思いのほかほどけている。妙なことで赤彫を見直しているようにも見えた。赤彫の信用がいかになかったかが窺《うかが》われる。

碧が小声で俺に聞いてくる。

「なんかそこまで気まずくなさそうだし、もう少し放っておく?」

「うーん、でも腹減ったしなぁ……」

こそこそ話していると湯田に気づかれた。

「あ、碧さん、末久根さん! お昼ご飯行きましょうよ」

猫背の赤彫も俺たちに気づき、情けない顔で張り詰めていた息を吐いた。

それから館内のレストランで食事をして、アシカショーを見たり、湯田がギフトショップで小さなイルカのぬいぐるみとアシカのレターセットを買ったりした。

朝はどうなることかと思ったが、帰るころには赤彫も湯田もなんとか気まずさを脱出できたようで、普通に話していた。

いや、赤彫が前ほど積極的に軽く攻めこまないせいか、それとも湯田がそこそこ気を遣っているせいなのか、むしろ以前より普通のテンションの友人関係が繰り広げられている気もする。この二人は以前は赤彫がすぐにチャラい動きをするから会話になっていないところがあった。

しかし、二人のそんな様を見ていると、友人から関係を進めるということは案外ハードルが高いのかもしれないと思った。

以前碧との仲が急激に近づいたとき、自然にそうなってしまったらどうすれば、などと怯《おび》えていたが、そんなに簡単なことではないのだと思う。そこには高い壁がある。

そのことに少しホッとするような、どこか残念なような気持ちになった。

帰りの電車で湯田と赤彫が降りてから、ずっと窓の外を見ていた碧がぽつりとこぼす。

「赤彫、なんで告白なんてしたんだろ」

「えっ」

「恋人になろうなんてしなければ、友達としてずっと仲良くいられるのに……」

碧が不思議そうな顔で言った。俺も考えたが、付き合ってスケベなことがしたかったのだろうか……ということしか思い浮かばなかった。

三学期

「悠、起きて」

前髪のあたりがふわっと撫《な》ぜられる感触と、耳をくすぐる甘い声に眠りが妨げられる。

目を開けると碧の顔が目の前にあった。

大きくて涼やかな瞳、艶《つや》めいた唇は柔らかく弧を描いている。

一瞬、ここがどこだか混乱する。

「えっ、ここ、どこだ？」

「地球、日本国、悠の部屋」

跳ね起きて辺りを見まわすが、確かに昨晩寝たときと変わらない自室だった。

目をゴシゴシ擦《こす》ったが、目の前の制服姿の美少女は消えなかった。相変わらずベッドサイドにしゃがみ込み、俺をじっと見ている。

「え、いまいつ？」

「朝だよ。おはよう」

「えっ、なんでここに？」

「あ、あの……今日から学校だから……聡子《さとこ》さんに言われて起こしにきたんだけど……勝手に入っちゃってごめん」

「…………あ、いや、ありがとう」

びっくりして混乱して脳がバグった……。顔をゴシゴシしてなんとか脳を覚醒させようとする。

「……そんなにびっくりすると思わなかった。じゃあ下で待ってるね」

碧が部屋を出た。

いなくなると、さっきのは幻のように感じられるくらい部屋は明るくて静かだった。

なんだかまだ休みの日みたいだ。

俺は今まで寝坊したときは、はてしなくウザい母親に乱暴に扉を開けられ、大声で「アサヨアサー！」などとキンキン声で歌うように叫ばれ、掛《か》け布団《ぶとん》をはがされ、ひどいときはベッドの下に蹴り落とされて起こされていたので、こんな柔らかい感じの目覚ましは非常に心臓に悪い。

そういえば碧が来てすぐのころはずっと、自室は安全地帯みたいな気でいた。

最近は、その感覚は消えた。特に自室に来ることもなかったから今朝はちょっとびっくりしたが、実際まったく嫌じゃなかった。

「悠、動かないで」

だいぶ休みボケしていたが、なんとか起き出して玄関前で碧に制服のネクタイを直されていると、これから学校だな、と思った。

「なんかやりにくいな……悠、背伸びた？」

「少しは伸びたかもしれないけど、そんな差が出るほどじゃないだろ」

「あたしにはわかる」

「どんな記憶力だよ……」

休み明けの教室もいつも通りざわめいていた。

碧と揃《そろ》って教室の扉を開けて中に入ると女子のひとりが叫んだ。

「あっ、末久根と月城さん！　初詣行ってたでしょ、手繋《つな》いでたから声かけられなかったよー！」

「えっ、マジで？」

周りがざわつく。ほかのクラスメイトも声を出した。

「俺も彼女と来てたから声かけてないけど見たわ」

「やっぱりそうなの？」

「つ……月城さん、俺……好きだったのに……もう……ここから飛び降りる」

「八神《やがみ》！　しっかりして！　誰か止めてー！」

初詣に地元の神社に出たときの俺と碧の姿は思った以上に目撃されていたらしい。

誰かが来るたびに初詣で手を繋いでいたことが繰り返し大声でリピートされて、クラス中に拡散されていく。

「……大騒ぎして、馬鹿みたい」

碧はぽそりとクールに言い放って、席に着いた。

俺も席に着くと前の席の赤彫が小声で聞いてくる。

「完全に誤解されてるけど……いいのか？」

「……うん、べつにいいや」

前はいちいち「友達だ」と力強く否定してまわっていたが、それも骨が折れる。

俺たちの関係は俺たちが決めることで周りは関係ない。周りが誤解したからといってその通りに恋人になるわけでもない。

俺と碧の関係は、以前は濃厚な疑惑でしかなかったのが、そこから完全に付き合っているものとして扱われることとなった。

バレンタイン

二月に入り、バレンタインを目前に俺の周りのモテない男たちが一斉にアンニュイな空気感を滲《にじ》ませ始めた。

しかし、そのイベントについて一言でも口に出して触れる者はいない。

いつも通り過ごしているが、窓の外を見てときおり遠い目をする者、甘い物の話題が聞こえてくるのに対して苦々しい顔をする者、痩せて具合が悪くなる者、症状は様々だが、皆あまり楽しそうにしていない。

どうせ自分は関係ない忌々《いまいま》しいイベントなのだからさっさと終われと思っているのがヒシヒシと伝わってくる。

気持ちはわかる。向こうにそんなつもりがなくても選別されている気になる邪悪で差別的なイベントだ。

チョコが食いたきゃコンビニで買う。中にはもらったら嬉《うれ》しくて当然だろうという顔で余り物をそこらへんに施す女子もいる。その精神がすでに高飛車だ。あんなイベントは俺もずっとなくなっていいと思っていた。滅びるべきだ。

しかし学校の女子の大半と、一部のモテる男子の空気感は対照的なほど浮《うわ》ついていた。

彼らは皆一様にほがらかで、光に満ちている。女子たちはヒソヒソと恋の話を始め、周辺に探りを入れ始める。たとえあげたい異性がいなくともそれを口実にチョコを買ったり作ったりしてくばりあうのだろう。その日に向けて生き生きしている。俺の周りとは大違いだった。

ただ、モテない男子の中でもポジティブ変態寄りの虻川だけは例外であった。元気よくためらいなくバレンタインについて語ってくる。

「僕は月城さんにもらうなら、ポケットからチロルチョコの殻を出してぞんざいに渡されたいな！　伏見《ふしみ》さんにもらうなら放課後に高いお店に連れまわされて結局おごらされたい！　松本《まつもと》先生ならテストの点が悪くてこってりしぼられて、立ち直れないくらい存在を否定されて罵倒されたあとにまぁがんばりなさいねって言われて机の引き出しから出したアーモンドチョコ一粒だけもらいたい！」

「なんだそのシミュレーション……お前がややMなことしか伝わらんぞ……」

「まぁ、こういうのは想像が楽しいんであって、実際は誰からももらわないのが普通だから……今年は僕、攻めの姿勢でクラス全員に友チョコ作っていこうかと思って」

「えっ、なんでまたそんなことを……」

「これは作戦で……全員に平等にあげれば、不審がらずにもらってくれる女子が多いんじゃないかと思うんだ……」

「……だとしたら手作りだけは絶対やめとけ」

「それじゃ何も混ぜられないだろ！」

「ゾッとする返答やめろや！　混ざってない証明として市販品にしろって言ってんだよ！　断言してもいいがお前の手作りなんぞ誰も受け取らねえぞ！」

蛇川は数分説得するとなんとか変態的野望を諦めてくれた。こいつはいつも温和なのにたまにごく自然に犯罪と隣り合わせにいるのが危ない。

そんな中、いつもクールな月城碧の態度は特に変わらなかった。

昼前に弁当を持って俺の席に来た碧は、周囲を冷めた目で見まわして言う。

「バレンタイン前って、なんか空気が鬱陶しいね……」

髪をかきあげながら薄いため息を吐《つ》き、呆《あき》れたように言うその姿は、思った以上に興味がなさそうだった。俺は、仲間を見つけた気持ちでほっこりした。

ところが、休み時間に自販機でリンゴジュースを買っていると、湯田がひょいと現れた。

持っていた筒状に丸めたプリントに声を吹き込んでくる。

「末久根さーん、ちょっといいですか」

少し戸惑った顔で、こそこそと言う。

「末久根さんは本当に本当に碧さんと付き合ってないんですか？」

「へ……？　うん」

「碧さんが友チョコ作るって言って張り切ってたんですけど……聞いたらとても友達に作るレベルのものとは思えなくて……」

「え、そんな様子まるでなかったけど」

「……そ、そうなんですか。そしたらー」

「え、つまり？」

「うーん、その……隠してるのでしょうか」

つまり、友チョコというのは嘘《うそ》で、作っているのはガチな本命チョコではないかというのが湯田の考えだった。

確かに。周りを見ると女子が男子に「友チョコ作るわ。あんたもいるの？」などと気軽に言っている。少なくともコソコソはしてない。コソコソする必要がないもの、それが友チョコというものだ。隠すなんてガチチョコくらいのものだろう。

「じゃあ、碧さん……告白するんですかね」

「誰に？」

「それはもちろん末久……あっ！　わ、私、気になってつい余計なことを……！　何も聞かなかったことにしてくださいっ！」

湯田は勝手に納得して、慌てたようにサカサカと去っていった。

碧は俺に、真面目なチョコを渡そうとしているのだろうか。

確かに現状ほかに渡す相手はいない気がするし、以前告白もされている。

でも、最初にされた告白は仲良くなりたくて言っただけだったと、あとから否定されている。碧と俺は親友で、双方それで納得していたはずだ。

もし、碧が急に今、関係を変えようとしたら、俺はそれに対応できるのだろうか。

冬に感じた鈍い焦《あせ》りのような感情が湧き上がった。

しかし、それにしては碧はいつもとまったく変わらない。

もしかして俺ではなく、真面目に渡したい相手がほかにいるということだろうか。そんな疑惑も首をもたげる。

俺と碧は親友だから、そういった相手がいつの間にか、ほかにいてもおかしくはない。

あまり考えたことがなかったし、気配も感じなかったが、帰り道で一応聞いてみた。

「そういや碧って……好きなやつとかいるの？」

碧はぎょっとしたように大きく目を見開いた。

「な、なんで……急にそんなこと……？」

「え、あ、いや……最近周りでそういう話してるやつが多いから」

「ああ……なんだ。バレンタイン近いからねー、くだらないよね」

やはり、興味はなさそうだった。

やがて、バレンタイン当日がきた。

その日の学校は朝からずっと阿鼻叫喚《あびきょうかん》であった。

彼女持ちの男子に果敢に本命チョコを渡そうとしてあえなく砕け、昼休みから教室で号泣する女子。別クラスではしつこくチョコをねだった男子に鉄拳が走り、保健室に運ばれる騒ぎがあったらしい。

また、ゴミ箱に入れられていた怪しい手作りチョコに対する断罪裁判がどこかのクラスで行われたとか。

他学年では廊下でイケメンを真ん中にキャットファイトが行われ、乱闘中、ドサクサ紛れに無関係なモテない男子がチョコを盗み、それを女子二人で追いまわしているうちに教師にまとめて没収されたとか。学校はずっと騒がしかった。

俺は中学は男子校にいたので、共学の高校のバレンタインはずいぶんバイオレンスなものなのだなと感心した。

碧はその日も涼しい顔をして過ごし、放課後になると「今日、先に帰るね」と言ってさっさと学校を出ていった。

赤彫が紙袋を抱え、焦った顔で教室を出ようとしていた。

「おお……赤彫、お前まさかその袋の中、全部チョコか？」

「九割は義理だよ。お返しのこと考えるとこれ以上もらいたくない。じゃあな」

赤彫は俺とは違う時空のバレンタインを過ごしていたようだ。

俺はいつも通り教室に残り、しばらくモテないクラスメイト男子たちと馬鹿話をした。たまたま赤彫の机周りで溜《た》まって話していると、何人か不審な動きの女子が現れて、物言いたげにしていたが、やがて帰っていく。

そのたびに周りから「よし」とか「ケッ」とか小さく聞こえる。もしかしたら赤彫の机の周りにいたのはたまたまではないかもしれない。

それでも皆、バレンタインには一言も触れなかった。あえて触れないという時点で十分気にしているものであるから、わずらわしさは残る。

教室を出るころには皆「明日は十五日だ！」「十四日は終わったな！」と晴れ晴れした声を上げていた。

帰り際《ぎわ》、下駄《げた》箱の前で呼び止められた。見ると、他クラスの知らない女子が立っていた。

「どうぞ」といって突然小さな箱を渡してくる。

少し離れた下駄箱の陰に、やはり別クラスの見知らぬ女子ひとりと男子ひとりがいて、ニヤニヤしながらこちらを見ているのが見えた。

瞬間的に思った。

危ない。

俺は久々にものすごい危機感を察知した。

「いえいえどうぞ」

そう言ってさっとその箱を突き返すことに成功した。それからすばやく靴を履き、脱兎《だっと》のごとく走って校門を出た。危ないところだった。

何はともあれ無事にその日の学校は終わった。

湯田の言っていたことは少し気になるから、帰ったら碧に聞いてみよう。

「おかえり悠、こっち来て」

自宅に入ると、長袖のぶかぶかしたトレーナーがワンピースになっているような部屋着にエプロン姿の碧が出てきて、ダイニングに引っ張られた。

テーブルには巨大なホールのチョコレートケーキが鎮座していた。

「こ、これは……」

「親友チョコ」

「しん……ゆう……ちょこ?」

「親友だから、普通の友チョコより豪華にしないとと思って、がんばった」

鼻の頭にチョコをつけて誇らしげに言う碧を見て、だいぶ脱力した。

「なんか……ぜんぜんそんな素振りなかったけど……」

「驚かせたかったの」

外では「くだらない」と周囲全部を廃棄物を見るような目で見ていた碧は、自宅では実に屈託のない顔で笑い、小さく舌を出した。

碧は以前弁当を作ったときもコソコソしていたので単なるサプライズ好きなのだろう。

「お茶淹《い》れるから、食べよう」

「うん……ありがとう」

碧がキッチンに行ったあとケーキをまじまじと眺める。

誕生日ケーキみたいだった。

碧が温かい紅茶を淹れてくれて、切り分けられたケーキが皿にのった。

「あたし、バレンタインって、昔は嫌いだったの」

「そうだったのか？　関心はなさそうだったけど……」

「中学のときが特に……あたしの周りはやたらと友チョコ文化があって、女子の人数分それぞれ手紙付けて用意しようとか、そういう友達付き合いが本当面倒で……」

「ああ……」

これもまた俺の生きる時空とは別のバレンタインの話だ。

「でも今年は楽しかった。結構前から調べて、準備してたんだよ」

「おお……確かに大変そうだなこれ。ありがとう。すごくうまい」

「あと、今年は咲良がよもぎ大福くれて、それも面白かったし、おいしかった」

「赤彫はもらえたんかな」

「赤彫はたくさんもらうだろうし、咲良は絶対あげてないと思うよ。そもそも振ったんだし、あげないでしょ」

「そりゃそうか……」

赤彫はもらい慣れているせいか、あまり嬉《うれ》しそうではなかった。中学のころの碧同様、人付き合いの一環という感覚なのかもしれない。

甘いチョコケーキを口に入れながら、しみじみ思った。

いろんなバレンタインがある。

ハッピーバースデー

放課後、昇降口を出たところに潜み、そこを通った赤彫を捕獲することに成功した。

「ちょっと相談がある。顔をかせ」

赤彫は俺だと気づくとすぐに小さく息を吐いた。

「なんだよ、末久根かよ。ホワイトデーの話か？」

「なんでわかったんだ。お前はエスパーか」

「まぁ、時期が時期だし……お前は女性不信のくせに確実に一個はもらってるからな」

「なんでわかるんだ……」

「わからないわけあるかよ……」

「まぁいい。その通りだ。助けてくれ。エスパーモテ男」

「なんか馬鹿にされてる気がするなぁ……」

「してないしてない。マジで助けてくれ。ホワイトデーって何あげればいいんだ」

「普通にそこらで売ってるホワイトデーの商品を買えばいいだろ」

「俺、なんか手作りのでかいホールのチョコケーキ食ってんだぞ……！　なんかもう少し何かないと割に合わないだろ」

「べつに……月城さんだろ。あの人お前がくれるならそこらへんで拾った石でも喜んでくれると思うけど……」

「いや、石はダメだろ……」

「マジレスしてきた……お前、本気だな」

赤彫は緊迫感ゼロの顔で俺を不思議そうに見つめたが、やがて小さく息を吐いた。

「まぁいいや。おれちょうどこれからホワイトデーの買物にいくとこだったからお前も来ればいいんじゃね」

「おお、すげえ助かる！　ありがとう」

そんなわけで赤彫と揃《そろ》って校門を出た。

「赤彫はどんなん買うんだ？」

「おれ？　おれはだな、なんかこう……あくまで義理のお返しの範囲を出ない、同じ商品をたくさん買うだけだよ。穏やかで円滑な人間関係維持のための、それ以上でもそれ以下でもないやつ」

世界観も趣旨も違いすぎて、聞いただけ無駄だと思わされた。

隣をついていくと、赤彫は駅近くのデパートに入った。そして宣言通り、無難としかいようのないものを大量購入していた。右も左もわからない俺は口を開けて見ていた。

こういってはなんだが、雑な買物をすばやく済ませた赤彫は紙袋を片手に少し思案する顔をした。

「月城さんだろ。仲の良さでいったら食い物じゃなくてアクセサリーとかでもよさそうだけど」

「現役でモデルやってるやつのアクセサリーとか選べるかよ……」

「大丈夫。月城さんならそこら辺に落ちてたナットを指輪だって渡しても喜んでくれるよ」

「昔のトレンディドラマかよ！」

「なんだそれ……いや、そんな気張る必要ないだろってことだよ……友達へのお返しなんだろ」

「そうなんだけどな……なんでこんな緊張するんだろう」

考えてみたらその答えにはすぐたどり着いた。俺は人生で女子にプレゼントの類《たぐい》をあげたことが一度もなかった。

しかも相手は女子高生だ。当たり前だが小学生女子とは違う。

玩具にするわけにもいかない。親友の女子高生にあげる品物は一体何がふさわしいのか、さっぱりわからない。

いつの間にか高校生になっていた孫娘にあげるプレゼントが思いつかない老人と気持ちはてしなく一緒だった。そこにバレンタインのお返しのホワイトデーという、性別を意識させるイベントが組み合わさり、ただ友達へのお返しであげるものだというのに、妙な居心地の悪さがあった。

「赤彫……吐きそうだ」

「いや、マジで考えすぎだよ」

「もう赤彫、決めてくれ」

「お前が選ぶのが意味があるんだろ。それに、なんか経験豊富なモテ男扱いしてるけど、おれは彼女にプレゼントとかあげたことないし、なんも参考にならないぞ」

「あ、向こうがケーキだったから、俺はステーキを焼いてお返しするのはどうだ」

「まぁ、一緒に住んでるんだし、究極気持ちが大切だからそれでもいいとは思うけど……そんなら無難なやつにしとけよ。そこの、ちょっと高いほうのアソートでいいだろ」

「俺が迷うのにはもうひとつ理由があってな……」

「うん？」

「碧、三月十四日が誕生日なんだよ……」

「おま、先にそれ言えよ！　話がちょっと違うだろ！」

「おお……やっぱ違うのか……」

そんな気はすごくしてた。

「そうか……それで余計悩んでるのか。お前と月城さん幼馴染《おさなじ》みなんだろ？　これまで誕生日に何かあげたことは？」

「あるよ……聞いた話だが、文字が書けないころにほとんど親が書いた手紙とか……あとは、それこそ石に顔描いたやつとかだな……」

「なるほど。その時代まで遡《さかのぼ》るか……」

「石器時代だよ……」

聞いた話なので石をあげたときの記憶はない。喜んでいたかもわからないくらい昔だ。

幼時期を過ぎてからも交流はあったが、誕生日を祝いあうような関係性ではなかった。

「ちなみに末久根の誕生日は？　なんかもらったりしてたら参考にならないかな」

「俺の誕生日は五月末で、……そのころは今ほど仲良くはなかったから、どっちも気にしてなかった」

あの時期と今では状況が違う。

「うーん。まぁ、もう少しいろいろ見てみれば？」

「そうだな」

モテ男の助言に従っていろいろ見てまわった結果、家の鍵をつけられるキーリングかキーホルダーがいいんじゃないかという話になった。見てまわってよかった。頭で考えていてもたぶんたどり着かなかった。

幸いそれっぽいものがウジャウジャ並んでいる売り場があった。

端から端まで真剣に眺める。

「赤彫……不思議だな」

「何が？」

「売り場に並んでるのはみんなお洒落《しゃれ》なのに……俺があげると思うと、とたんに全部ダサく見えるんだ……」

「おお……卑屈さって周囲の物まで貶《おとし》めるんだな……」

赤彫が妙な感心をして、頷《うなず》いた。

ひとつ目についたのを手に取った。

青、赤、ピンク、水色、複数の小さな色付きガラスがあしらわれたウサギのモチーフがついているキーリングだ。

目に入った瞬間の一秒間はきらきらして可愛《かわい》く見えたが、そのあと秒速でよくわからなくなった。

「赤彫……これは可愛いのか？」

「うん。可愛いんじゃね？」

「本当に……本気で迷いなくそう思うか？」

「……うん、そう真剣に聞かれると俺もゲシュタルト崩壊に近い感覚になってわからないけど、女性向けの売り場に並んでる時点でそう外してはないんじゃないか」

「もっと自信を持ってくれよ……」

「おれが自信持ってどうすんだよ」

　それ以上脳が働かなくなり、俺は結局そのキーリングを買った。

　店を出てはっと我に返る。

「なんで俺……こんなものを買ったんだろう……」

「えっ」

「好みに合わない残るものより、おいしい饅頭《まんじゅう》とかのほうがよかったんじゃないのか?」

「すごい真顔だけど……大丈夫だって。月城さんだろ」

「月城碧だぞ!」

「叫ばなくても知ってるよ……」

　大丈夫だ。俺がこれを渡すのはモデルをやっていて教室ではほとんど誰とも話さず、そっけなくて、そのくせ成績優秀でスポーツ万能な女ではない。小さいころ肝試しに行って恐怖のあまり目を瞑《つぶ》って歩き出し、そのあと転んで泣いた子だ。とても仲の良い親友なのだ。女子じゃなくて親友。

「ああ……赤彫……あそこにすてきな饅頭売ってるぞ……」

「お前なんであそこまで迷ってたのにクッキーとかキャンディじゃなくて饅頭にガッツリ

照準合わせてんだよ……」

「饅頭は……うまいから……」

家に帰ると偶然碧が玄関前の廊下にいた。腑抜《ふぬ》けていたので心臓が少し驚いた。

「おかえり悠。もう夕ご飯だって」

「ただいま。夕飯、なんだった？」

「ハンバーグだよ。おいしそうだった」

「そうか……」

「今日はどこ寄ってたの？」

「えっ？　あれだよ。道端」

「み、みちばた？」

「あー、あれ。赤彫と歩きながら遊んでた」

「歩きながら？　そ、そうなんだ」

「俺、部屋戻って着替えてから行く」

部屋に戻って部屋着に着替えてから最近通学に使っているリュックを覗《のぞ》く。

今日はまだ十一日だ。十四日は土日を挟んで月曜日。まだ早い。

鞄《かばん》の中に、持っていてはいけないものを忍ばせてるかのようなうしろめたさがなぜかある。さっさと渡して楽になりたい気もした。俺の場合、わざわざ学校に持っていく必要はないから土日で渡してしまったほうが気楽かもしれない。

夕飯のハンバーグには、チーズがのっていた。

インスタントのコーンポタージュと、サラダもあった。もくもくと食べる俺の目の前で、母がだくだくと話し続けていた。それを右から左に聞き流す。

ふと、聞き流してた声が耳に入ってきた。

「碧ちゃん、明日はホテルに泊まるんでしょ？　静音《しずね》ちゃんとは連絡取れてる？」

「はい」

なんの話だろうと思って「え？」と顔を上げた。

「あら、言ってなかったっけ？　昨日から碧ちゃんちのパパママが一時帰国してるから、ちょうど碧ちゃんの誕生日だし〜。土日は家族水入らずでお祝いするのよねー」

「あ、そうなのか……」

「うん。日曜の夜には帰るよ」

俺の目算はあっさりと当てがはずれた。

そして俺が買ったものはリュックから取り出されることはなく、碧は両親のもとへ出かけていった。

＊　＊

日曜の夜、俺はリビングで映画を観《み》ていた。

外で車の音が聞こえ、玄関の扉が控えめに開く音がする。

しばらくして、リビングの扉が静かにキィ、と開いて碧が入ってきた。少しだけドレスめいたワンピースを着ていたので、どこかいいところで食事でもしてきたのかもしれない。

「あ、悠、起きてたんだ。ただいまぁ」

どこかささやき声のような声で言われる。

「そこまで声潜めなくても大丈夫だよ」

「え、そうかな。ほら、もう結構遅いからさ」

言われて時間を見ると、十一時五十分だった。

「おかえり。楽しかった？」

「うん。まぁ、なんか、ね？」

碧はなぜか少し恥ずかしがるような顔で笑った。もしかしたら碧も親と水入らずで過ごすのに少し照れがあるのかもしれない。

「あ、これ、悠にお土産」

「え、これ何」

「なんか悠が好きそうなお饅頭。洋菓子もあったんだけど、こっちかなーと思った」

「マジか！　ありがとう！」

まさかの饅頭サプライズを向こうから気負いなくやられた。碧のそれがものすごく自然な友達らしさにあふれていたので、嬉《うれ》しくなった。

そうしてふと、今だと思った。

「あ、碧、ちょっと待っててくれ」

大急ぎで自分の部屋に行って、リュックに入れっぱなしだった小さな紙袋を取り出してからリビングに戻った。

碧はリビングの床に敷いてあるラグの上に座っていた。俺もその前に座って袋から箱を取り出す。

「えーと、こっちがホワイトデー」

「え、わぁ、ありがとう。嬉しい……」

赤彫に言われて、ホワイトデーはホワイトデーで、無難なお菓子の詰め合わせを買った。

碧がその小さな箱を抱きしめて嬉しそうに笑う。

「そんでこっちが……誕生日プレゼント」

「えっ」

碧は渡した箱を両手で持ちながら真顔で俺を見て、小さく震えた。

「あた、あたし……ここ数年で一番テンション上がってるよ……」

「そ、そうなのか。めちゃくちゃ真顔だけど」

「こんなにテンション上がったことないから、どんな顔していいかわかんないんだよ。え、開けたい。開けてもいい？　開ける前からクライマックスなんだけど」

「うん」

碧は箱を開けて、中を覗いた。そして一度閉めて、自分の顔面を両手で覆った。

興奮からか、耳のあたりまで赤くなっている。

「か、可愛い～……可愛いね。これ悠が選んでくれたの？」

「うん」

「あたしのために？」

「うん」

「悠が？」

「うん」

　碧は「ありがとう。嬉しい」と言って勢いよく抱きついてきた。

「これ、使っていいの？」

「うん」

「嬉しい。ずっと使うね」

　笑顔で思いきりぎゅうぎゅう抱きつかれて、つられて俺も笑顔になった。

　碧越しに壁の時計を見ると、零時を少し過ぎたところだった。

「あ、そうだ」

「なに？」

「誕生日になった。誕生日おめでとう」

　碧も振り向いて時計を見て確認する。

「本当だ。ありがとう」

「俺、女子にプレゼントとかしたことなかったから、なんかちょっと無駄な緊張してたんだけど……親友っていいな」

　友人とはいえ性別女子にプレゼントをあげることで少し身構えていたのが、渡してみたらものすごくなんでもなくて、それでいて自然な嬉しさにあふれていた。すごく楽しい気持ちになれた。そうだ。やっぱり碧は親友だ。

「それすごいわかる！　あたしもお土産、すごい楽しく買えたんだ」

しみじみしたあと、碧がはっと気がついたような顔をして立ち上がる。

「あ、そうだ。悠、ちょっと待っててくれる？」

今度は碧が上に行って、戻ってきた。

「これ……なんだけど、渡しそびれてて……」

「え……」

「去年の悠の誕生日に買ってたんだけど、あのときはまだ今ほどは仲良くなかったから
……そこからなんとなく機会がなくて……」

中には焦げ茶色の革製の二つ折り財布が入っていた。

絶対的に俺が選ぶよりお洒落《しゃれ》なデザインだった。

「うわ、ありがとう。めちゃくちゃ嬉しい。使う」

「えへへ。悠も……誕生日、おめでとう」

「ありがとう。おめでとう」

「うん。ありがとう。おめでとう」

二人でにこにこしながら何度も「おめでとう」を言って誕生日を祝った。

春休み

三学期が終わり、短い春休みに入った。

またしばらく家での生活が続く。

仕事から帰ってきた碧が部屋に戻らずそのまま俺の部屋をノックした。

「悠、明日ひま？」

「うん」

「あたし駅前に買物に出るんだけど、一緒に行かない？　集めてる本の新刊が出るの」

「いいよ。一緒にってことは、俺になんか手伝うこととかあんの？」

「ううん。せっかく二人で出かけられるようになったから、たくさん出たいんだ」

碧は家では本当に素直で嬉しそうな笑みを遠慮なくこぼす。

つい先日学校で芸人志望の男子が碧に見てほしいとやってきて強引にネタを披露していたが、一瞬たりともくすりとも笑わず、全部終わったあとに「うせなさい」と告げて泣かせていた女と同一人物とは思えない。

休みの前日はついはりきって夜更《よふ》かししてしまう。寝たのは遅かった。

翌日、親が仕事に出たあとにスマホが鳴って目を覚ます。

「はい」

「悠、起きた？　リビングにいるよ」

モソモソと起き出して、リビングにいる碧と合流した。

「はよ……」

「悠、ものすごい寝ぐせついてるよ」

「え、見てくる」

洗面所にいると碧が外から気持ち大声で聞いてくる。

「ねー、上着、厚手のやつ着てったほうがいいかなぁ」

「今日天気よさそうだし、そろそろ薄手でも行けそうだよな」

寝ぐせを直して出ると、春めいたやわらかな色合いのカーディガンを羽織った碧がぴょこんと目の前に現れた。

「見てこれ！　撮影で可愛《かわい》かったから買い取ったの。可愛いでしょ」

「うん……かわ………うん」

寝ぼけてうっかり素直な感想を言いかけたが、ひっこめて「春っぽくていいと思います」とだけ答えた。

のんびり徒歩で自宅を出て、一番近くの最寄駅《もよりえき》付近に出た。

碧はまっすぐ書店を目指した。

「あったあった」

「集めてるって言ってたけど、ホラー小説って、シリーズとかあんの？」

「あるよ」

「それって主人公が毎回いろんなお化けに襲われるのか？　それとも毎回同じお化けが主役なのか？」

そう言うと碧は笑った。

「違う違う。だいたい霊媒師？　みたいな、お祓《はら》いする側が主役だったりするんだよ」

「あぁ、なるほど。ゴーストバスターズみたいなやつか……」

碧が本屋で無事新刊を入手したあと、映画雑誌を二人でパラパラめくる。飼い犬を殺された復讐《ふくしゅう》でマフィアを壊滅させた元殺し屋の男の映画の話を碧にした。

近くのフランチャイズチェーンのカフェで昼食をとることにした。

なおも碧の好きなホラー小説について、それぞれホットドッグとパニーニを前に話していると、突然俺の真後ろの席のカップルが喧嘩《けんか》を始めたので、俺たちは揃《そろ》って沈黙した。

「納得いかないんだけど」

「友達の誕生日があるんだって」

「三週連続であるわけないじゃん」

「いや、本当に連続してて……昔から誰かの誕生日だけは仲間内で集まるんだよ。それに、お前だってこの間俺が休みだったのにドタキャンしたじゃないか」

「それはお腹《なか》痛かったんだから仕方ないでしょ。関係なくない？」

聞くともなしに耳に入れていると、最初は休みの都合が合わないことへの不満だったのが、だんだん異性の誰それと仲が良すぎるだとか、元カノからのプレゼントを部屋に置きっぱなしだとか、自宅のサブスクの履歴に本人の趣味とは違うものがあっただとかにまで発展していった。

碧が思い出したようにパニーニをぱくりとひとくち食べて飲み込んだ。

顔を近づけて小声で「大変そうだね……」と言ってくる。

「あたしたちは親友だから、ああいう喧嘩にはならないね」

碧がどこか誇らしげに言う。

確かに、親友である俺たちには無関係な問題だ。そういったわずらわしいことを上手に避けて良好な人間関係が結べていることに対し、薄い優越感が芽生えた。

街を散策して、夕方ごろゆっくり歩いて家に帰る。

「スーパーに寄ってこう」

「あ、夕飯か」

俺たちにとっては休日でも、親たちにとっては平日の水曜日。水曜日は母の仕事のシフトの関係で夜まで二人きりだ。

地元のスーパーに入店した。

弁当のコーナーを見るが、これといったものはなかった。

近所に弁当屋はなく、大体いつもコンビニかここのスーパーの弁当になることが多い。

しかし、どちらも一年以上水曜の夕飯で使っていると、多少ラインナップの変更があってもさすがに飽きてくる。碧もピンとくるものがなかったらしく、小さくつぶやく。

「あたし、なんか作ろうかな……」

「それか……前作ってもらったし、今日は俺が作ろうか」

「……え、それもあり。何作るの？」

「作るならカレーかな……俺、それくらいしか作れないから」

正確にはインスタントラーメンやソーメンなども作れるが、どちらも冬の終わりの夕食にはふさわしくないだろう。

「大丈夫。カレー大好き」

「うん」

碧と一緒にカゴにカレーの材料を入れていく。

「トマト入れようよ。トマトカレー」

碧が脇からトマト缶を追加し、「食後にアイス食べよう」と言ってアイスを追加した。楽しそうだ。

自宅に戻ってから俺はキッチンに立った。

カレーなんて作るのは小学校六年のときの野外調理以来だった。

しかし、こんなものは材料を切って炒《いた》めて煮て、ルウを入れるだけなので、たぶん簡単。

とりあえず先に米を炊飯器に入れてセットした。

そうしていると、碧がふわふわした生地の上下セットの部屋着に着替えてきた。

ショートパンツみたいな丈なのにモコモコした膝までの靴下がセットらしく、暑さにも寒さにも微妙に対応できないと思われる服だった。しかし、とてもよく似合っているから何も言うことはない。

「悠、料理するならあたしのエプロン使う?」

「いや、べつに……」

碧は俺の返事を聞かず、さっさとエプロンを持ってきた。

「汚れちゃうし、一応しときなよ。ハイ」

ほんの少し背伸びした碧が触れずに抱きつくようにして、エプロンを装着してくる。

それなりに距離は取ろうとしているようだが、でっぱった胸だけ、ふにゃんとつぶれるように一瞬密着したのが気になった。

「よしできた。かっこいいよ！」

くすくす笑いながら言う。

「嘘《うそ》つけ。絶対アホみたいだろ！」

包丁を構えていると、背後に気配を感じる。振り向くとすぐそばで碧が覗《のぞ》いていた。

「……大丈夫？」

「いや、玉ねぎ切るだけだから」

「手、ちゃんと猫の手にしてる？　気をつけてね」

「わかった」

「……なに？」

トン、と玉ねぎを切る。振り向くと碧がじっと見ていた。

「え、見てていい？」

へらりと笑った碧がさらに近くに来た。

至近距離で手元を覗き込んでくるので髪の毛がはらりと腕に触れてシャンプーの匂いがふわりと香る。

「碧……やっぱあっち行ってて。ものすごく気が散る」

「わかった。遠くから見てるね」

「見なくていい！」

「だって悠が料理してるの珍しいから、見たいよ」

「見なくていいって……」

少し切っただけで、玉ねぎが目に染《し》みる。

「じゃあ……見てることを悟られないように見るのはいい？」

まだ言ってる……。

「ねー、悠ー、こっそり……」

「俺は今玉ねぎと真剣に戦っている……少し黙っていていただけるか」

さく、さく、と切る。この玉ねぎめちゃくちゃ染みる。母がちょっと前に最近の玉ねぎは染みなくなった気がするとかなんとか言ってたのはデマだったのか……。

静かになったと思ったら碧が部屋から出ていっていた……ように一瞬見えた。

「碧……もう近くで見てていいから、扉からこっそり覗くのやめてくれ。逆にめちゃくちゃ気になる」

「あはははっ」

碧が学校では聞かないような大きな声で笑って近くに戻ってきた。

「わぁ、悠が泣いてる」

「玉ねぎが……めちゃくちゃ痛い」

「泣かないで。元気出して」

「楽しそうだなおい」

「すごく楽しい」

あとは煮込むだけになったころ、碧はダイニングテーブルで頬杖《ほおづえ》をついて待っていた。

「カレー、まだかなーまだかなー」

「もうすぐだよ」

「楽しみ」

カレーが無事できあがり、二人で夕食を食べた。

碧はニコニコしながらスプーンを口に運ぶ。

「おいしいよ」

「まぁ、カレーは……誰が作ってもカレーだもんな」

「そんなことないよ。意外と水の量とかで失敗したりするもんだって。水っぽかったり、ドロドロだったり……このカレーはちょうどよくてすごく美味《おい》しいよ」

何やら一生懸命褒めてくれた。食べ終わったあとは一緒に皿を洗った。

そのあと順番に風呂《ふろ》に入って、リビングのソファに並んで腰かける。

「今日、ずっと楽しかったなあ」

満足そうに言った碧がリモコンでホラー映画を表示させた。

「これ、悠、もう観《み》た？」

「まだ」

「じゃあこれにしよ」

映画が再生される。

隣り合った肩と肩が触れて温かい。そこまで抑揚のないたんたんとしたシーンが続くのを視界に入れているうちに、うっかり眠ってしまった。

「ただいまあ」

母親が帰宅する声で目を覚ますと、俺は碧の肩に頭をのせていた。

ガバッと起きて口から出てた涎《よだれ》を拭う。

「悪い、肩重かったろ」

「それはぜんぜんいいけど……よく寝れるね……」

「あぁ……ぜんぜん怖くなくて……なんか眠くなった……」

「えー、なんか不気味で怖かったよ……」

「これ、結局どうなったんだ？」

「主役の女の人以外みんな死んだよ」

話していると母がリビングに入ってきた。

「あら、カレーの匂い！　碧ちゃんが作ったの？」

「悠が作ってくれたんです」

碧がそこはかとなく誇らしげに答えた。

「悠が⁉　あんたインスタントラーメン以外も作れたの？」

母がそこはかとなく失礼な感じに返した。この母は相変わらずナチュラルに息子をイラつかせる天才だ。

映画が終わり、父も帰宅したのでそれぞれ部屋に戻った。

なんだかとても平和な日だった。

そのあともずっとこんな感じで、短い春休みは平和に終わった。

進級

二度目の春が来て、俺たちは高校二年生になった。

うちの学校は、三年からは学力別になるが、二年ではクラス替えはない。相変わらず代わり映えのしないメンバーでの生活が続く。

変わったことといえば新しく一年生が入ってきたことだ。

碧はその美貌とモデルをやっているという評判から、すぐに後輩たちからあがめられるようになった。廊下を歩くたびに、また、食堂に行くたびに、男子のみならず女子からもヒソヒソされたり、声をかけられたりしていて、毎日大変わずらわしそうにしていた。

その日も渡り廊下を歩いていると腕組みした碧と、その前に一年男子が対峙《たいじ》していた。

何を言っているのかまでは聞こえないが、男子が一生懸命何かしゃべっている。

「ん？」

碧が俺に気づいて手招きしてくるのでそちらに行った。

俺が行くと碧は一年生に向き直る。

「さっきの質問の答えだけど……」

碧はそう言って俺の腕に自分の腕をギュッと絡《から》め、頭をこてんと俺の肩に預けてくる。

ギョッとして顔を見たが、甘えたようなあざとい笑みを浮かべている。この人誰だ。

家で見せる顔とは違うわざとらしさ満載の笑顔で、完璧な隙のない美少女がへばりついていた。

一年生は「あっ、そ、そうでしたか！」などと言って去っていった。

碧は離れてすぐ元の真顔に戻った。

「……ありがと」

「……何ごとだったんだ……」

「彼氏いるのかとか、いないならとか、面倒だったから、今勝手に助けてもらった」

「ええ……またデマが広まるぞ」

「はっきり彼氏とは言ってない。向こうが勘違いしただけだもん」

「まぁ、そうなんだろうけど……」

どんどん周知されていくと、ちょっと混乱してくる。

その日、クラスは授業前に音楽室に移動していたが、碧だけがいなかった。

「末久根、月城さん呼んできてよー、彼氏でしょ」

「ああ、いいよ」

答えたあとに、『彼氏』の部分がひっかかった。うっかりまた流してしまった。

碧は最近は人が寄ってこないようにあえて否定していないようだった。俺もそれをわざわざ否定してまわることはしていなかった。しかし、ここまで公然とデマが広まるとは正直思っていなかった。こうなると逆に『本当は付き合ってない』という事実を隠しているような塩梅《あんばい》になってくる。だいぶ意味がわからない。

授業が始まって静かになった廊下をざっと見まわしながら自分の教室に戻ってくると、出たときはなかった人影が中にあった。

「碧……いた」

碧は大きな窓を開け、そこから足だけをベランダに出して座っていた。

何をしているのかというと、日向《ひなた》ぼっこをしているようにしか見えない。

扉の音で振り向いた碧はすぐに笑った。

「悠、呼びにきてくれたんだ」

近くまで行くと碧はそのまま仰向《あおむ》けにごろんと寝転んだ。

「いや、寝るなよ。床汚くないか？　次音楽室だよ」

「うん、知ってる」

当然立ち上がるものかと思いきや、碧がそのままの体勢で、歩こうとした俺の制服の足のあたりをちょんと摘《つま》んだ。

「行っちゃやだー」

どこかふざけた調子で言ってくる。

「いや、一緒に行くだろ」

「うーん、あたし授業サボったことないんだよね……」

「前寝坊して一時間目遅刻してた気がするけど……」

「むう、そういうんじゃなくてさ……悠はある？」

碧に移動する気配がないので俺もそこにしゃがみこんだ。

「中一のとき……休み時間に中庭に、ＢＢ弾がめちゃくちゃ落ちてて……友達と拾ってたらうっかり一時間サボってたことがある」

「その理由で本当に中一？　小一の間違いじゃないの……？」

「残念ながら正真正銘中学一年生だった」

「うわぁ……でも、悠のことだからなー」

「え……」

「きっと……その友達が、何か理由があって授業出たくなかったんでしょ」

「…………うん」

しばらく碧は寝転んだまま、眩《まぶ》しそうに目の上に手のひらを置いていた。

「眠くて寝そう……」

「音楽室、行かないのか？　俺行くよ」

碧はそのままの体勢で指を一本立てた。

「悠はねー、あたしがここで寝ちゃっても、置いていかないんだよね」

「そりゃ……呼びにきてひとりで戻るの、なんか意味わからんだろ」

碧が起きる気配がないので同じようにベランダに足を出して横に寝転んだ。

数秒の沈黙の後、碧が小さな声でぼそりと付け足すように言う。

「……そういうとこ、好きだよ」

「そりゃ……どうも」

目の上に手を置いていた碧がぱっちりと目を開けて俺を見た。

「悠……もっと照れなよ」

「碧こそ照れてないだろ」

「だって悠だし……」

「俺だって、碧だし」

碧が何がおかしいのかくすくす笑ったので、つられて少し笑った。

「なんかねーあたし……最近ちょっと疲れてる……」

もともと対人が得意でないのに毎日あれだけ知らない人間に声をかけられていれば、疲れるのもわからんでもない。もう少ししたら下級生も碧がいるのに慣れるのかもしれないが、今はまだ珍しいのか、とりあえず声をかける競争をしている感じになっている。

今年の一年は男女共に妙に積極的なやつが多いのか、それとも碧の知名度が若干上がったのか去年よりずっと騒がれている。

横になったまま、肘をついて頭を支えてぼんやり碧の横顔を見ていると、仰向けだった碧がこちら向きにごろんと寝返りをした。俺の胸のあたりに頭を埋《うず》め、ちょっとだけ猫のように丸くなった。

「……何だそれ」

「親友に癒《いや》してもらう」

「ああ……」

「ちょっと頭、撫《な》でてもいいよ」

「撫でてほしいのか……」

「……ほしい」

「お、おう」

わりと素直に言われて少したじろいだ。

俺は友人の家の猫くらいしか撫でたことがない。撫で素人《しろうと》、撫で童貞だ。碧といえども女子の頭部を撫でるのは少し緊張した。それでも、こんなことでしょうもない疲れが癒されるなら、かなり安いものだ。

そおっと手を伸ばして触れた。

なんだこれ、むちゃくちゃサラサラしてる。

髪の毛ってもっと一本が太くてゴワついてるもんじゃないのか。

完全に髪の毛の概念が変わった。

おまけにいい匂いまでしてる。撫で心地はよいが、ものすごく落ち着かない。

俺はものすごく落ち着かなかったというのに、碧はその状態で身じろぎもせず、静かにしていた。体感で五分くらい経《た》って顔を確認してみると、驚いたことに眠っていた。

「うわ、寝てる？」

びっくりして小さな声を出すと、碧はすぐに目を開けた。

「あたし寝てた？」

「……ように見えたけど」

碧は上体を起こして窓の外を見ながら小さなあくびをひとつした。

「授業どうすんの」

「もう少し休んでたいな」

美少女が少し甘えた表情で俺の膝に頭をこてんと預けて言うものだから、そのあざとさと可愛《かわい》さにおののいた。

俺が碧を呼びにいったはずだったのに、結局揃《そろ》って授業に戻らなかったので、周りはまた誤解を深めた。

俺はいちいち「付き合ってない」と否定するのを本格的に放棄した。

お花見

夕食後、リビングで碧とお茶を飲みながらダラダラ話をしていた。

「今日、桜綺麗《きれい》だったねー」

今年は気候のせいか、例年より遅めに桜が咲いた。入学式にはまだ蕾《つぼみ》だったのが、一週間ほどしてやっと咲き出した。

「そうだな。もう散りだしてるから、今週で見納めだろうしな」

「お花見行きたかったね」

「あー、いいな」

「お弁当持って行こうよ。この辺だとお花見っていうとどこなのかな」

「そういや毎年、近くの河原でシート広げて花見してる人結構見るよ」

本当になんとなく話していただけで、そこまでの具体性はなかった。しかし、それをしっかりと耳ざとく聞いていたやつがいた。わが母だ。

「お花見⁉ 行きましょう！ 行きましょう！ お花見！ ねぇお父さん！ 聞いた？ 今週末、行かない？ 行きましょうよ！ 子どもたちが行きたがってるのよ！」

次の瞬間には地獄の親同伴花見の敢行が決定されていた。勘弁してほしい。

とはいえすでに親同伴地獄のバーベキューは経験済みだ。

碧を見ると苦笑いしていた。

家の近くにある一級河川の脇の道は桜が並んでいて、毎年花見スポットとなっている。

花見にかこつけて酒を飲みたい両親によって、場所は限りなく近場のそこにすみやかに決定された。

日曜日。母は朝からキッチンにいた。

普段弁当に入れるのは圧倒的に米が多い家なのに、「碧ちゃんがいるから」などと言ってサンドイッチを作っていた。そのほかはウィンナーと唐揚げ、じゃがバター、チーズのベーコン巻きだとか、ほぼ酒のつまみみたいなものだった。

不本意ながら家族と揃って家を出て、河原に出た。

「あら大きな桜！　ここよ！　ここにしましょう！」

母がさっさと場所を決めて河川敷《かせんじき》の芝生にシートを広げる。

俺はもう少し奥まった位置がよかった。道を通る人から丸見えの場所だった。

「うわ、悠、嫌そうな顔」

春めいたワンピースに身を包んだ碧が小声で言ってくすくす笑う。

碧は自分の親じゃないからそこまでの抵抗はないだろうが、高校生にもなって家族揃って地元でピクニックみたいなことをやらされるのはなかなかメンタルにくる。ある意味碧と二人でいるのより学校のやつらに見られたくない。

以前はさらに緊張の種が増えるようで嫌だったが、最近では自分だけでなく、ここに碧がいてよかったと思えるのが救いだ。

「じゃあ、お父さん、かんぱーい！」

着いてすぐ、おもむろに缶ビールをあおる母。

それから無言で、やはりビールをあおる父。

花見とは名ばかりで桜なんて見ていない。酒を飲みにきているとしか思えない。

「……あの人は昔からそうなのよ。すごすぎない？　だって普通乾燥ワカメって……」

母は立て続けにパカパカとビールを飲み、その間ずっと職場にいるという面白い人の話をしていた。しかし途中面白い部分なのであろう場所に来ると話しながら自分で爆笑して何を言っているのか聞き取れなくなるため、何が面白いのかよくわからない。話も要領を得なかった。

父は聞いているのか聞いていないのかさえわからない感じに、無言でもくもくとつまみを口に運び、ビールを飲んでいた。それでもこうやって一緒に来ているのだから嚙《か》み合わないながらもそこそこ仲の良い夫婦だ。

話が一段落すると、母はまたビールをプシュカポと開けて、酔っ払ってうつろになった目で俺と碧を眺める。

「悠と碧ちゃんも、こうして見るとほーんと……」

そこまで言ってビールをあおり、ゆらりと視線を彷徨《さまよ》わせる。

「ほーんと大きくなったわねえ。うん！　お似合いだわー！　こんな似合う二人そういな

いわよう～」

『大きくなった』と『お似合い』の因果関係がまったくない。ただの酔っ払いの戯言《たわごと》だ。

母はそのあとも酔いに任せて幼少期の俺がいかに可愛かったかということや、俺が覚えてもいない時代のおとぼけエピソードをマシンガンのごとく語っている。

アメリカ映画なら「そのおしゃべりな口にロング缶をぶちこまれたくなきゃ黙りな」とでも言うところだ。

一応母親なのでビール缶はまずいとしても、真剣にサンドイッチでも詰めて黙らせたい。

しかし、それさえも叶《かな》わない現状。俺は自らがこの魔空間から脱出することにした。

「そういやあっちにトラックのお店出てたから、俺、見てくる」

「え、見たい」

笑いながら母の話を聞いていた碧がこちらを見て反応した。

「行こう」

これ幸いと碧の腕を引いて、両親が酒を飲むシートから立ち上がる。

出がけにも、母は「あらあら、じゃあじゃあ～、あとは若いお二人に任せて……！」などとつまらないだけでなくイラッとする一言を放ってくる。腹立つ。

母親の作り出す魔空間から抜け出すとそこは春の気持ちのいい陽気の日だった。

桜の花びらが陽《ひ》の光の下、はらはらと舞い散っていて、日なたのアスファルトに積まれていく。

桜並木が等間隔に続いている奥の道沿いにぽつぽつとトラックのお店が出ていた。

「碧、あっちから肉のいい匂いがするぞ」

「え、わかんない……」

「これは、ウィンナーの焼ける匂いだ」

「あたし鼻つまってるかな……」

碧がふんふんしながら俺の脇腹あたりを嗅ぐ。

「俺じゃなくてウィンナー！」

「いや、鼻がつまってないかの確認で……」

「絶対ほかにもっと確認方法があるはずだ」

碧が目を閉じ、再度真剣に空気をふんふんした。

「あ、わかったかも……確かにこれは……ウィンナーだ」

ウィンナーの匂いの方向に向かって歩くと、ほかにもパラパラと店が出ていた。

牛串。ケバブ。生ビール。豚丼。うずまきポテトの串。夏祭りの夜店と似ているようでほんの少しだけ毛色が違うラインナップが並ぶ。

桜の花びらは歩いているときにも俺や碧の頭の上にパラパラと落下し続けていた。

「悠、あそこじゃない？」

碧がいい匂いの元だと思われるフランクフルトの屋台を発見した。

せっかくつきとめたのだからと、そこで碧と一本ずつ買った。

近くのベンチに座ってそれを食べていると、ふいに碧が「あれ、見て」と言って、食べかけのフランクフルトで道路の向こうを軽く指した。

そこには赤彫がクラスメイトの吉田愛花《よしだまなか》と二人でいた。

事情は知れないが、吉田がうつむきがちにモジモジしていて、腕組みした赤彫が身構えるような体勢で立っていた。

吉田は背の高い美人で、赤彫と揃ってると身長差のバランスがよく、桜の下にいる二人は少女漫画みたいな絵面《えづら》だった。一目で青春しているのがわかる。

「そういやあいつ……モテるんだっけ」

「あ、そういえば、そうだったね」

碧も思い出したように同意した。湯田がいるときの姿が三枚目すぎてたまにそのことを忘れる。

「あっ、末久根……！　じゃあ！」

俺に気づいた赤彫が力強く大声で言って、こちらに走ってきた。

普段から女子にまんべんなく愛想《あいそ》がよく、如才なく捌《さば》く男だというのに、珍しく焦《あせ》って逃げるような顔だった。

「一緒に来てたんじゃないのか」

「まさか。捕まったんだよ。助かった～。お前んちの花見に入れてくれ」

「いいよ。お前来ると母親が喜ぶし、相手してくれ」

赤彫が歩きながら経緯を説明してくる。

「吉田さんは、おれがバイトから帰ろうとしたら店の前にいたんだよ。そっからずっとついてきて……家はまだ知らないみたいだったから世間話しながら撒《ま》こうとしたんだけど……いつの間にかこんなところまで……」

赤彫は確か彼の地元の駅前のカフェでバイトをしている。

「お前のバイト先って、ここから結構遠いだろ……結構歩いたな……」

モテる男も大変そうだ。しかし、赤彫はなかなかに女子への対人スキルがあるのに、ここまで困っているのも珍しい。

「かなり時間かけて丁寧に断ったから大丈夫だと思うけど……吉田さん、めっちゃ怖かったなー」

「怖いって、何が？」

「なんていうかな、湿度が異様に高い……」

「あぁ……」

確かに、彼女は遠目に見ていても、じっとりとした熱の高さが伝わってきた。思い詰めている感じというか。

一方で赤彫が湯田に惹《ひ》かれた理由がなんとなくわかる気がする。

湯田は一見大人しいが、実際は図太いし湿度は低い。ややドライなくらいだ。

彼女に友達は何人かいるが単独行動もするし、話したくなったら碧とも話す。好きなものや意見を他人におもねず自分で決める芯の強さが感じられる。

「湯田に会いたい……」

赤彫も思い出したのか、振られているのにけなげにつぶやいている。

「ねえ赤彫、これ見て」

珍しく碧が赤彫に話しかけ、自分のスマホの画面をスッと見せた。

「え、何だこれ何これ可愛《かわい》い！　月城さんこれ、おれにもください！」

俺も覗《のぞ》き込むと、そこにはケーキを前にピースサインをした私服の湯田が写っていた。

赤彫は大興奮して騒いだ。

「これはSSR……！　欲しいよ……欲しい欲しい。月城さん、ねえ、これいくら課金したらもらえるの？」

「……勝手に送ると咲良が嫌がるからダメ」

「じゃあ今十秒だけ見せてください！」

　赤彫は頼み込んで碧のスマホを受け取ると、あろうことか、スマホ画面をさらにスマホで撮るという荒技を決めてきた。

「うわぁ……」

　軽く引いたが、いつもの赤彫らしい姿に安心した。

「赤彫って咲良のこと中学から追いまわしてたの？」

「いや、そんなことないよ。中三まではほとんど話したこともなかった。中三のとき初めて隣の席になって、ノートが見えたら、それがすげえ見やすくて整然としててさ……」

「まさか、お前そんなことで……？」

「いや、べつにノートを見て好きになったわけじゃないんだよ。そこから興味持って話しかけるようになったってだけで……んでも、好きになるきっかけなんて、そんなもんじゃねえの？」

　赤彫の執着ぶりから勝手にもっと強いきっかけやドラマがあるものと思っていたが、あまりになんてことなくて脱力した。

俺の脱力を感じ取ったのか、赤彫が弁解めいた口調で付け加える。

「いやおれ、もともと……知ってる人間の手書きの文字がちょっと苦手だったんだよ」

「え、そんなもの苦手なやつがいるのか？」

「あー……なんていうんだろう、たとえば、普段無口な子がびっしり書いてる手書きの心のうちとかがうっかり何かの機会で目に入ると、急に内臓見ちゃったようなギョッとした気持ちになる」

「ものすごい熱量と湿度の高い手書きのラブレターでももらったことがあるのか？」

「うん、そういうのもまぁ、あるけど。たとえばさ、メール人格とか、ＳＮＳで出てくる文字人格みたいのがあるだろ。それ見ておお、こいつ文字だとこんな感じなんだーみたいな。そういうのは大丈夫なんだけど、それが手書きだとなんか生々しくて苦手なんだよ」

俺には正直あまりわからないが、母親がダイニングに置きっぱなしにしていた妙にポエミーな日記らしきものはうっかり開いたときにヤバい感覚になった。

目に入った文字の『あれから何年も経《た》ち、あの子はすっかり大きくなった……』あたりで危機感を抱き、すぐに閉じることに成功した。素直に読みたくないと感じた。それと似たようなものだろうか。

いや、昔祖父に日記を見せてもらったことがあるが、端正な文字で理路整然と物語のようにつづられているそれはとても魅力的に見えたので、この辺はかなりキャラクターとの関係性に依存するのだろう。

それでも、結局赤彫のいうことはそこまでしっくりとはわからなかった。

「湯田のノートは……自分用のコメントとかも入ってたんだけど、なんかこう、健康的で、そのままで、無理なく外に開けてる。見せるつもりで書かれたわけじゃないけど、見られても構わないような清廉さがあったんだよ。この子、そのまんまなんだなぁって」

「あたしはわかる気がする」

黙って聞いていた碧がぽつりと口を挟んだ。

「え、本当に？　碧、わかるのか？」

「手書きの文字がどうとかはわからないけど、咲良のそういうとこはあたしも好き」

「あ、なんだ。そういうことか」

もしかして一般的な感覚なのかと思って少し焦った。

「中学のときはそれでも、まったく気づかれなかったんだよな。話しかけるたびにちょっと嫌そうな顔はされてたけど」

「よくそれでめげなかったな」

「湯田は嫌がりつつも聞いたことには律儀《りちぎ》に丁寧に答えてくれるし……いいやつだったんだ。そこでおれは逆に愛を深めた」

「ああ、湯田らしいなー」

苦手さを顔に出してしまう正直さも、だからといって無視はしない律儀さも、彼女らしさだと感じる。

「それで、高校入って……同じ高校なのは知ってたけど、クラスも一緒だったから、なんというか……」

「俺が一念発起に利用されたわけだな」

「その通りだ！」

「いばって言うことかよ……」

赤彫は歩きながら、さきほど撮ったスマホの写真をニヤニヤしながら見つめている。

「でも、諦めないんだな。お前湯田にこだわらなければ彼女ぐらいすぐできるのに」

「おれ、彼女とかべつに欲しくないし」

「へえ」

「中学のとき何度か作ったけど、気を遣うばっかかで、ぜんぜん楽しくなかったんだよ……なんか疲れるし、女子には複数でチヤホヤしてもらってるほうが気楽で楽しい」

「お前……背中から刺されそうな正直さだな……」

強者の理論というか、モテるやつにはモテるやつの苦労があるのかもしれないが、虻川あたりが聞いたらひっくり返りそうな意見だ。

話しながら歩いていると両親のいる花見のシートに戻ってきた。

「あっ、悠、どこかに行ってたと思ったら、イケメン連れてきて……優秀な子ね～」

「こんにちは。ご無沙汰してます」

赤彫がさわやかな笑みを浮かべ、頭を下げて挨拶をした。こいつはこういう部分では本当にしっかりしたやつで尊敬している。誰に会わせてもうまくやってくれる安心感がある。

「まー、赤堀君……碧ちゃんと揃《そろ》ってると美男美女で……ほんっと、お似合いだわぁ～」

さっき自分の息子とお似合いとかなんとか言っていたのはもう忘れたらしい。

母が美男美女をつまみに、また酒を飲み始めた。

体育祭

五月に入り、体育祭に向けて準備が始まった。

放課後に割り当て決めがあった。俺は二人三脚という、非常に楽そうな競技を選択してお茶を濁すことにした。俺は体育の類《たぐい》が特別苦手なわけではないが、体育祭はガチムチ運動部系の得意なやつらが張り切っているので出る幕はない。同じく軟弱な俺の友人たちも借り物競走だの玉転がしだの緩そうなのに入り込んでいる。

しかし、蓋を開けると二人三脚は男女ペアでやる規定らしく、ギョッとして変な汗が出た。どうりで虻川が猛烈に立候補していたわけだ。

「二人三脚……女子、もうひとりいませんか」の声に碧がすっと手を挙げた。

黒板の前にいたスポーツ委員の女子が少し困惑した顔をする。

「あれ、でも月城さん……混合リレー、出てくれるよね？」

碧はだるそうなわりに運動も優秀なため、すでに複数の推薦で目玉である混合リレーに出ることが先に決まっていた。ひとり一種目必須だが、それ以上は無理に出なくてもいい。

「どっちも出る」

「よかった。ありがとう」

スポーツ委員の女子がホッとした声を上げ、俺も心中ホッと息を吐いた。碧が立候補してくれたので変な汗がひいた。

組み合わせは各自話し合いなので休み時間になって碧の席に行く。

「焦った……よかった。碧、一緒にやろう」

碧は頬杖《ほおづえ》をついたままこちらを見て、口元で笑って「もちろん」と答えた。

ほかの女子と組むことを考えたらだいぶ頭痛がしてきそうだったので助かった。


その夜、夕食の席で母が体育祭について根掘り葉掘り聞いてきた。とても鬱陶しい。

「えー、二人で二人三脚？　すてきねぇ！　ちゃんと練習しなきゃね！　二人は一緒に住んでるんだから有利よ～。余分に練習できるものね」

「あんなもんにわざわざ練習とかいらんだろ……」

実際学校での練習時間もクラスが力を入れているリレーの練習で大幅に時間を食い、碧はそちらに駆り出されていたので、二人三脚は説明と足の結び方だけで練習時間はほとんどなかった。

「あら！　悠は誕生日も近いし、もし二人で一等取ったら、ごほうび買ってあげるわよ！　悠、あなた自分の部屋用のプロ……プロセッサーが欲しいとか言ってなかった？」

「プロジェクターだよ！　切り刻んでどうすんだよ！　え、マジで買ってくれんの!?」

夏休みにバイトして買おうと思っていたが、これはチャンスだ。買ってもらえたらバイト代は全部スピーカーに充《あ》てて、そのグレードを上げることもできる。

しかし、金額を聞いた母が日和《ひよ》りだした。

「え、あら～そんなにするの？　わが家の誕生日プレゼントの金額じゃないから、もし勝てたらね！　勝てなかったらケーキでおしまいだからね！」

「勝てばいいんだな。わかった！」

カチャカチャと急いで茶碗《ちゃわん》の飯をかっこんだ。

さらに麦茶をぐいぐいと一気飲みして言う。

「よし、碧、練習しよう！」

「急に張り切り出したね……」

だいぶ苦笑いしていたが、碧も食事を終えて、一緒に家の外に出てくれた。

少し歩いて河川敷《かせんじき》の、人があまりいないエリアに来た。

たまに犬の散歩の人が通るが、広いので十分練習できる。持ってきたタオルで互いの足首をぎゅっと結んだ。その状態ですでによろけながら立ち上がる。

「よし、せーのでこっちの足から……」

「うん」

ざ、と一歩踏み出す。さらに二歩、三歩。

しかし、思いのほかリズムよく進めず、数歩でよろけてドシャンと倒れた。

「思ってたより難しいな……」

髪の毛を直していた碧が睨《にら》むように目を細めて言う。

「あたし、原因わかる……」

「え、なんだと思う？」

「悠がもっとちゃんとくっつかないと、すごく走りにくい」

「あー……あんまりくっつくと悪いと思って」

「悪くないの。競技なんだから。……立って」

もっともな指摘をされて、もう少し肩を寄せる。

「もっと」

「うん」

「ちゃんと肩を抱いて」

「う、うん……近すぎないか？」

「ダメ。もっと。恥じらいを捨てて」

「恥じらいとはちょっと違うんだが……」

碧の肩は細くて頼りない。言われた通りに抱き寄せるとかすかにシャンプーみたいな匂いがするし、柔らかくてもろい感触がする。落ち着かない。

「うわ……もう少し離れたほうが……」

「ダメ……プロジェクター……」

「……よし！　くっつく！」

「じゃあ行くよ。せーの」

言われた通り密着すると、さっきよりかなり息の合った感じで進めた。風のようだった。

「すげえ……」

これはいけるかもしれない。

「よし碧、次はもっと密着してみよう」

「えっ……」

「スピードの向こう側に行くんだ……そこにはプロジェクターがある」

「悠……目の色が変わってるよ」

「碧もでかい画面でホラー映画観《み》たいだろ」

「怖すぎるし、観たくないけど……」

「一緒に観よう」

「えっ……悠の部屋で……？」

「うん」

「…………勝とう」

俺と碧は一致団結した。

＊　＊

体育祭当日は日本晴れだった。

椅子だけ持って校庭にぞろぞろと出て、退屈な開会式のあと競技が始まる。

二人三脚はかなり序盤のほうで、俺と碧は無事に一位をとりプロジェクターを勝ち取ることに成功した。俺の体育祭は終わった。いい体育祭だった。

残りの種目は最初のほうは席に座って観戦していたが、昼飯のあとはすっかりだらけて後ろのほうの木陰《こかげ》で友人たちと溜《た》まってだらけていた。

「プロジェクターだよ……」

「大画面でエロいの観るの？」

「アニメ観ろよ。サイズは？　画質は？」

虻川と藪雨《やぶさめ》が個人の嗜好《しこう》を交えながらそれぞれ勝手なことを聞いてくる。

そこに飴《あめ》食い競争を終えた及川が真っ白な顔で「なかなかの美味です！」と粉を吹きながら帰ってきたので皆で笑った。

「碧さん、がんばってください！」

後方から湯田の声がして振り返る。

碧がリレーのために移動しようとしているところだった。俺が見ているのに気づくと涼しげな顔で小さく手を振って移動した。

全体的にだいたいの競技は緩い感じで進行するが、目玉であるリレーだけは皆一丁前に勝ち負けを気にして張り合っている節がある。実際加点も異様に高く、クラス順位にも大きく影響する。

「湯田、おれもリレーなんだけど……」

声が聞こえて見ると、赤彫が湯田の前に来ていた。湯田がちょっと後ずさった。

湯田はクラスメイトがいる場所では特に、赤彫に近寄られたくなさそうにしている。

「……そ、そうですね」

湯田の後ろに行って、赤彫の援護をする。

「湯田、クラスの勝利のためだ。一言応援を頼む」

小声で言うと湯田は一瞬たじろいだ顔で俺を睨んだが、前方の項垂《うなだ》れた犬のような赤彫に視線を戻す。

「……がんばってください！」

若干やけくそ気味に元気のいい声援だったが、赤彫の目が一瞬で輝いた。これは勝てるかもしれない。

「俺、ちょっとリレー見てくる」

「おー、いってらー」

背後の、クラス順位にカケラも興味がないダラけ組に挨拶をしてゴール付近に移動した。

そこにはすでに見物の生徒が集まっていた。

混合リレーの順番は女子男子女子男子となっている。

わがクラスは三船千佳《みふねちか》、馬場海斗《ばばかいと》、月城碧、赤彫慶介《けいすけ》の順となっていた。特に野球部の馬場が学校内でも図抜けて足が速いので順番決めに迷走しまくった末、二番手となった。

「位置について……」

そこそこの緊張感の中、青空に向けてピストルが鳴り響き、走者が走り出した。

バスケ部の三船千佳はよいスタートを切り、速かった。見ていて安心できる走りだ。

すでに先頭で、かなり差をつけて馬場にバトンが渡ったので圧勝ムードになった。

馬場も速い。ぐんぐんと差を広げていく。

しかし、途中に美人で巨乳の松本先生がいて、隣の教職員と話しながら「思ったより暑いわね～」と言いながら、おもむろに上着を脱ぎ始めた。

周りの男子生徒たちも黙ってスッとそちらに視線をやる。

もちろん下着になるわけではないが、長袖のトレーナーを頭から脱ぎ、薄手のTシャツが現れた際に、大きな胸がぶるんと揺れた。

走っていた馬場がちらりとそちらを見て、ぎょっとしたように二度見して、つんのめって体勢を崩した。

「馬鹿！」

「最悪！」

女子たちのブーイングが飛ぶ。ブーイングもいたしかたないが、倒れたのもいたしかたない。あれは凶悪なトラップだ。自クラスの援護のためわざとやった可能性もある。

馬場はすぐに体勢を持ち直したが、走り出したときにはすでに二人に抜かれていた。

碧にバトンが渡る。

真剣な顔は普段のかったるそうな姿とはぜんぜん違う。しなやかで速かった。

普段はあまり見せない真剣な表情に多くの人間が見惚《みと》れていたように感じる。

碧は前にいた二人をあっという間に抜き、再度先頭に出て赤彫にバトンが渡った。

碧は走り終えたあと息を整え、キョロキョロしてからこちらを見て、興奮で赤らんだ顔でふにゃりと柔らかく笑った。

その顔に周囲が息を呑《の》む気配がした。

「つ、月城さん……今俺を見てにこって笑った！」

「あたしのほう見て笑ったよ！」

「そんなわけあるか！　俺だ！」

アイドルのコンサートかよ……。

ちょっと注意が逸《そ》れた。改めてリレーに視線を戻すとアンカーの赤彫が華麗に一着でゴールを決めていた。

競技が終わると碧が髪の毛の乱れを気にしながら席に戻ってきた。

通りすがりに多くのクラスメイトたちから「おつかれ」「月城さんすごかったね」などと声をかけられているが、本人は涼しい顔でちらりとそちらを見ただけだった。

「悠、ちょっと来て」

「え、うん」

木陰に引っ張って連れていかれる。フェンスを背に腰を下ろした碧は照れたような顔で聞いてくる。

「悠、見てた？」

「うん」

「へへ……がんばったの。えらい？」

「えらい」

碧は俺を見て少し得意げな顔をして、また、ふにゃりと笑った。

プロジェクター

体育祭の二人三脚で見事一位を勝ち取った俺は、親に軍資金をもらった。

なので、日曜日にプロジェクターを見に、秋葉原《あきはばら》に行くことにした。

当初ひとりで行くはずだったが、親と話しているのをそばで聞いていた碧が暇なのでついてきてくれるという。

とはいえすでにネットで買いたいものに目星はつけていたので、なんとなく現物を見たり、相場を確認しにいくだけだ。わりと緩い気持ちで出ようとしていた。

しかし、玄関先で碧と靴を履いていると、父に呼び止められた。

父は俺の肩に両手をかけて、真剣な顔で言った。

「悠、現品限りなどがあったら……それは逃すなよ。それは明日には……もしくは数時間後にはもうなくなって、二度と手に入らないかもしれない……」

何か自分に経験があるのかもしれない。普段は無口な父に力強く言われ、送り出された。

「あたし、秋葉原行ったことない」

「え、そういや俺もないかも……」

今回は父に勧められたので行くことにしたが、秋葉原に限らず生活圏以外の街は特別なことがないとわざわざ行かない。まだ行ったことがない街は意外と多い。

今日の碧は裾の広がった白い半袖に、下はタイトな黒のパンツルックで、それに黒のキャップを被《かぶ》っていた。シンプルで少しボーイッシュな格好だ。そういうのも似合う。というか、似合わない格好があまりない。


駅に着いて、調べておいた店に向かった。

秋葉原は建物自体は新宿その他の都心の大きな街とそう変わらないが、少し行くと壁一面に大きなアニメイラストの広告があったりする。よく見るとしれっとカードゲーム屋があったりもする。そのほかはメイド服姿の呼び込みがちらほらといた。

目指す店に着いて、すぐに店員をつかまえた。その店の店員は気のよさそうな兄ちゃんで、俺の予算、部屋の広さや商品の投射距離、欲しいのは外部出力できるタイプかなどを細かく聞いて説明してくれて、視聴もさせてくれた。わりとざっくり雑に考えていたので、詳しい人にちゃんと説明を聞いておいてよかったと思った。

隣で一緒に説明を聞いて視聴していた碧が俺の顔を覗《のぞ》き込んで笑う。

「悠、真剣だね……」

「間違えて買ってちゃんと使えないと……金額的にも洒落《しゃれ》にならんしな……」

買いたいものがきちんと見えてきた。

俺の予算だと、本格的で馬鹿高い百万クラスのものは最初から除外として、十万クラスのものもきつい。五万クラスのものが妥当だ。

商品を前に脳内で唸《うな》りながら眺めていく。

「うわ」

思わず声を上げた。予算のひとつ上のクラスのものが、現品限りで安くなっていた。

行きがけに聞いた父の言葉が蘇《よみがえ》る。

「現品限りなどがあったら……それは逃すなよ」

ついていた値札に再び視線をすべらす。かなり安くなっている。

しかし、もらっていた金額ではわずかに届かなかった。つい先日貯金をおろしてスクリーンを買ったばかりなので、金はもうない。

「悠、どしたの」

「これ、買えるかと思ったら、無理だった。少し足りない……」

「そうかあ……」

がっくりして店を出た。

縁がなかったのだ。潔《いさぎよ》く諦めて当初の予定通り、ネットで決めていたものを購入しよう。

俺が肩を落としているのを見て、碧が頭を小さくポンポン、と撫《な》でてくる。

「あたし今日に限ってキャッシュカード持ってきてないんだよね……持ってくればよかったね」

「いや、いいよ。俺のものなんだし……ほかにもきっといいのあるさ……あるよね……」

「悠……しなびた野菜みたいだよ……」

「でえじょうぶ……おれはげんきだよ……」

頭の中にアレを置いてる部屋の絵面《えづら》がチラチラ浮かぶ以外は元気だった。どこかに一万円くらい落ちてないだろうか。風で飛んできたりしないだろうか。そう思って周囲をキョロキョロ見まわす程度には元気。

もう一軒見てまわったけれど、最初の店で見た『現品限り』よりいいと思えるものはなかった。しかも、二軒目は高校生ということで舐《な》められたのか店員にもぞんざいに扱われ、余計にテンションが落ちた。

「だいたいわかったし……もう、うちにかえろーか」

「悠、声に力がないよ」

「そーかなー……」

店を出て数メートル行ったところでメイド姿の女性が呼び込みをしていた。

高い声で「こんにちは～。……でーす！」と言っていたが、店名らしき部分は聞き取れなかった。なんとなく目を合わせないようにして道の端に避《よ》けて、離れた通路をぼんやり歩く。

ところがどでかい声がかけられた。

「あー！　そこを行くのは！　末久根くんと月城さんではありませんか！」

そちらを見ると眼鏡でショートカットのメイドがブンブンと大きく手を振っていた。

その顔にはとても見覚えがある。同じクラスの高木胡桃《たかぎくるみ》だった。

高木は一年のころ図書委員会で同じだった縁で、数少ない単語でなく会話したことのある女子だ。

「高木か……こんなとこでなにやってんの」

思わずその格好を上から下まで眺めた。

白いシャツの上に膝丈の黒いワンピース。その上に白いフリルが満載で付いたエプロンのメイド服だった。

「バイトでございますですよ！　そこのメイドカフェ！」

「え、メイド？　高木、そんなキャラだったか？」

「そう……引っ込み思案なワタシ……一念発起して自分を変えようと！」

「いや、前から引っ込み思案とは違っただろ」

「ワタシ、手芸部なんですよ。可愛《かわい》い衣装を作るのが好きで好きで……作ってるうちに、着たくなるのは人間のサガ。あと、ワタシの従姉《いとこ》がやってるお店なんだなー」

「は、はぁ」

「うちの店はデートにもぴったり！　お二人ともぜひぜひ寄っていっておくんなまし！」

「嫌だよ。もう帰るし」

「ここのビルの四階なんだよ〜。うちはぜんぜんガチな店じゃなくてゆるいし、良心的なお店だよ！　ちょっと覗いてみてよ」

高木のバイト先である店は、振り向くと本当に目の前にあった。

「いや、そんな高そうなとこで飲み食いする金はない」

「クラスメイトからお代はいただきませんですぞー。今ちょうど暇な時間だし、ちょいと見るだけ見るだけ」

高木が俺の腕をぐいと引っ張ってエレベーターに乗せ、店の扉を開けた。

「オカエリナサイマセゴシュジンサマ」の声に出迎えられた。

こういった店には一度も入ったことがないのに、漫画やアニメで使われすぎてて聞き飽きているような錯覚がする呪文だった。本当に言うんだ……。

小さな店だった。ところどころ飾りつけがされているが、そこまでメルヘンな雰囲気ではない。

高木はすぐにカウンターの奥の扉を開けて、中に向かって声をかけた。

「ミミ姉、クラスメイトを捕獲したので……連れてきましたぞー」

すると奥から女性が出てきた。二十代後半くらいに見える大人の女性で、メイド服は着ていたが、丈の長いクラシカルなものだった。

「あ、胡桃のお友達なんだぁ……店長の高木未来《みく》ですう」

顔を上げてうふふ、と笑ったその人は俺の背後にいた碧を見た瞬間、真顔になってぐっと呼吸を止めた。

「え？……え？」と言いながら出てきて碧の前に近寄ってきた。

「か……可愛い……」

「こちらはわが校のミューズ、月城碧さんでーす」

　なぜか少し誇らしげに高木が紹介した。

「碧ちゃん？　え、可愛すぎない？　ねえ、ウチでバイトしない？」

「無理です」

　碧が即答した。

「え、えっ、今日だけでも！　ちょうど午後から人足りてないの！　一番混む時間だけでもいいのよ～。バイト代はずむから！」

　これはさっさと帰らないと面倒なことになりそうだな、と思っていると、隣で碧がボソリとつぶやいた。

「バイト代……」

　それから一瞬俺の顔を見て、力強く頷《うなず》いた。

「えぇっ」

「今日だけでいいんですよね」

「いや、ダメだろ。そんなら俺が」

「残念ながら末久根くんのメイドさんに需要はないのだな……末久根くんは、お皿洗いしたらどうかな？」

「じゃあ末久根くん？　は奥に入って。胡桃は彼女着替えさせてあげて～」

「エイエイサー！　ヤッサッサー！」

その連携は見事なもので、すばやく、手際《てぎわ》がよかった。俺はいつの間にか、見知らぬ店の厨房《ちゅうぼう》で皿を洗っていた。

なぜこんなことに……そう思っていると、高木がピョコピョコした動きでやってきた。

「ふっふっふ。末久根くん、見て見て！　できたでよー」

「できたって、何が…………」

振り向くとメイド服に身を包んだ碧がそこにいた。

てっきり高木と同じデザインのものを着るのかと思っていたら碧のそれは少し違った。

黒のワンピースにひらひらの白いエプロンが付いているのはなんとなく同じだが、碧の着ているのは胸元が開いていてさっぱりしたデザインだった。半袖は肩のところが丸くふくらんでいて、短めのスカートとニーハイソックスの隙間から太ももが覗いている。

「えへん。これはワタクシが半年かけて製作したやつなのです」

「へえ、すごいな……」

普通に市販品に見える。いや、こういった服の市販品はもう少しペラペラしている気がするので、それより圧倒的に重厚感がある。素直に感心した。

「でもねーこれ、初期作品なので、なんとなくフリーサイズな気持ちで作っていたのに、ウエストを細くしすぎてしまい……ずっと店にあったけど、バイトの誰も着こなせなかったやつなのだ……月城さんは余裕で腰を通したのに胸だけややきついという恐ろしい体型で見事着こなしましたわ……ううっ……人類は不公平っ！」

「丈が短いのが少し気になる……」

碧がぽつりと言ってスカートを撫でた。

大袈裟《おおげさ》な仕草で顔を覆っていた高木がバッと碧のほうに向きなおり、力強く言った。

「それはなんとなく普通の人間用なのだよ！　丈が短いんじゃなく、月城さんの脚が長いのですぞ！」

確かに、普通の人間が着たときの文化祭感がまるでない。

ネットの広告などで不意に目にするキャラクター名も知らないメイドのフィギュアみたいな雰囲気だった。遠くから見たら綺麗《きれい》な人形に見えるかもしれない。

「末久根くうぅん！　これは紛れもなく女神！　女神降臨ですぞ！」

「高木って、たまに及川としゃべりかた似てるな……」

「イカちゃんとは似ておらず！　やめてくだされ！」

碧は高木がいるからか、少し憮然《ぶぜん》とした顔で髪の毛を直した。その頭には俺が名前を知らない白くてひらひらしたヘアバンドがついていた。

「月城さん、もともとうちはカレー専門店で、ワタシのありがたい助言によりそこにメイドつけただけの、かな～りゆるいほうだから大丈夫だよ！」

「……はぁ」

「覚える言葉も三つだけだよ！　来店時にはおかえりなさい、ご主人様って言ってね。退店時には行ってらっしゃいませ、ご主人様。それからお食事を出したら……ご主人様と一緒に魔法をかけます！」

俺と碧が同時に「まほー……？」とリピートした。

「教えてしんぜましょう」

高木がくるくるとその場で回転して指でハートをつくり、何ものっていない皿にそれを近づける。

「おいしくなぁれ！　らぶぱわー注入！　めろりんきゅ～ん！」

「えっ……」

高木は急にキリッとした顔になって言う。

「これでワンセットだ……ご理解いただけたか？」

「あたしやっぱり帰ろうかな……」

「大丈夫大丈夫！　いってみよー！　レッツきゅんきゅーん！」

碧は高木に背中を押されて店に出ていった。大丈夫だろうか……。


そのあとの数時間のことを俺は知らない。

ずっと、店の奥で皿を洗っていたからだ。

たまに高木が来て、報告をしてくれる。

「いやー月城さん、塩メイドっすなぁ。だがそこがイイ！　って受けてますぞう！」

「お、おう」

店長の言っていた忙しい時間に入ったのか、洗う皿の量も急に増えた。

「月城さん、ちょっと外に出てもらったら行列ができて……すぐ引っ込めました！」

「あ、あぁ」

「末久根くーん、今日昼からの子が遅れてて、今やっと着いたんだけど、いまだかつてない混みかたしてるからあと一時間いい？」

「え、ええ？」

正味四時間かそこらだったと思う。

それでも終わったときは俺は、そして高木もヘトヘトだった。碧は私服に戻り、俺の隣に座ってオレンジジュースを飲んでいた。

　店長の女性が入ってきた。

「ミミ姉、うち、こんなに混む店だったの……？」

「大丈夫よう～。碧ちゃんあがったら減ってきたから」

　笑顔で言って、碧に向き直る。

「ありがとね。碧ちゃん、また気が向いたらバイトに来てねぇ」

「二度と来ることはないと思いますが、ありがとうございます」

「二人ともお疲れさまぁ。これ、バイト代ね」

「あ、ありがとうございます」

　店を出た。すばやく道の端に寄って、自分の封筒の中身を出して確認する。碧も開けて
お札をはみ出させて見せてくる。顔を見合わせた。

「た……足りる」

「悠、行こう！」

「おお！」

「急いで行こう」

「絶対すぐ返すから！」

碧と一緒に小走りで最初の店に戻った。

そこには俺の求めた『現品限り』が燦然《さんぜん》と輝くように鎮座していた。

自室

翌週の日曜日。俺の部屋に注文していたスクリーンがやってきた。

いろいろ揃《そろ》ってきたので朝から父にも手伝ってもらい、ベッドや机の位置も動かして、半日以上かかってセッティングを終えた。

思ったより手間取ったので、夕方やっとこさ部屋の壁に大きく広がるスクリーンに映像が映ったときは感動した。めちゃくちゃ嬉《うれ》しい。

もっともまだスピーカーがない。というか、まだどれにしようか調べている途中で、金額とグレードの狭間《はざま》でひたすら迷い続けている。

なんにせよ欲しいものが全部揃うのは夏休みのバイト後となる。

夕食後、碧が撮影の仕事から帰ってきた。

「おかえり、部屋できたよ」

「ただいま。見たい見たい。着替えてから行くね」

リビングでお茶を飲んでいると、結構な速さで部屋着に着替えた碧が「早く」と呼びにきた。

「悠の部屋ちゃんと入るの初めて」

「そういえばそうだな」

同じ家にいても、個室である自室は少し特別で、それぞれ一人になれる空間としてお互い尊重してなるべく踏み込まずにいた。いわば自我に近いテリトリーみたいなものだ。

碧が入ってきて、きょろきょろと部屋を見まわした。

「あ、そこに座って映画観《み》るんだ」

碧が言って、二人がけの座椅子の端にちょこんと座った。スクリーンと同時に注文していたが、この辺は予算がまわらなかったのでものすごく安いやつだ。

「机とベッドがすごく追いやられてる」

「あの配置にしかならなかったんだよ……」

そう広くない部屋でホームシアターにスペースをさいたため、リニューアル前は主役ポジションにいた勉強机とベッドが奥につめられ、非常に肩身の狭い感じになっている。

「この座椅子を一人がけタイプにしたらもう少しコンパクトに収まったんじゃないの？寝転がりたかった？」

「それもあるけど……碧も一緒に観るかと思って」

「え……」

碧がきょとんとしてから急に座椅子の背に向かって顔をバフっと埋《うず》めた。

「うわ、どしたの」

「……え、嬉しくて……嬉しいな」

碧がニマニマしながら言って、また座椅子の背に顔を埋め、頭をぐりぐりとなすりつけていた。

「映画観てみようぜ」

「え？　でもまだ音が出ないんだよね」

「スピーカーはまだないけど、戦前の無声映画を観るのにうってつけだ。チャップリンとバスター・キートンどっちがいい？」

「よくわかんないけど名前だけ聞いたことあるチャップリンのほうで……」

座って映画を再生する。碧が無邪気に「わぁ、本当についた！」とか「大画面だね！」とか言って喜んでいたので、俺もまたしみじみ嬉しくなった。

ドアが開きっぱなしだったので、通りかかった母がギョッとした声を出した。

「ちょっと二人とも……なんで音のしない白黒映画黙って観てるの……？　大丈夫？」

「これはサイレントなんだよ」

「え、あら、今どきそんなの観る人いるのね……何かの儀式かと思ったわよ。あらっ！　あらでもその人見たことあるわ。誰だったっけ、あのー……あれっ、忘れちゃったわ、あの、アレよね、有名な……ブルックリン？　なんとかビーンだっけ。あー、もう、喉元まで出かかっているのに……歳《とし》ってやあねえ」

「あー、もう、うるさいなぁ。映画観てるんだって！」

あまりにうるさいので一時停止して、扉をバチャンと閉めた。

碧の隣に戻って、映画の続きを再生した。

「音なくても結構話わかるね」

そうして終わって隣を見たら、びっくりすることに碧が寝ていた。

碧は今日、仕事に出ていたし疲れているのかもしれない。それに、サイレント映画はなにせ音がないから眠くなったりもするかもしれない。

しかし、扉を完全に閉めきった同級生男子の部屋で、ぐうすか寝こけられるというのは、なかなか凄《すご》い。警戒心とか、少しくらいないんだろうか。いや、親友として信頼されているからこそなのだろう。

碧は身を丸め、座椅子に寄りかかるようにして静かに眠っていた。

帰宅してから着替えた碧の部屋着は襟ぐりが深く、胸の谷間が少し覗《のぞ》いている。ショートパンツから伸びた脚は白く長く、艶《なま》めかしい。長い髪が小さく開いた唇の真横に一房流れていて、それで余計に無防備に見える。

数秒それを眺めていたけれど、目の猛毒過ぎたのでベッドの上から薄手の掛《か》け布団《ぶとん》を引っ張って、上から掛けた。

そこから三十分ほど経過して、俺は困っていた。

起きない。

碧がぜんぜん起きない。

むしろ背もたれに寄りかかるようにしていたのが倒れて、完全に本寝みたいな体勢になっている。

起こすのは忍びないが、このままここに寝かせておくわけにもいかない。扉を閉め切った部屋に二人きりで朝までいたなんてことになると、母があらぬ疑いをかけて大騒ぎするだろう。

かといって、ここに碧を置いて俺が碧の部屋に寝るわけにもいかない。

ここはやはり起こすしかないだろう。

「碧……碧、起きてくれ」

ドラゴンマガジン3月号

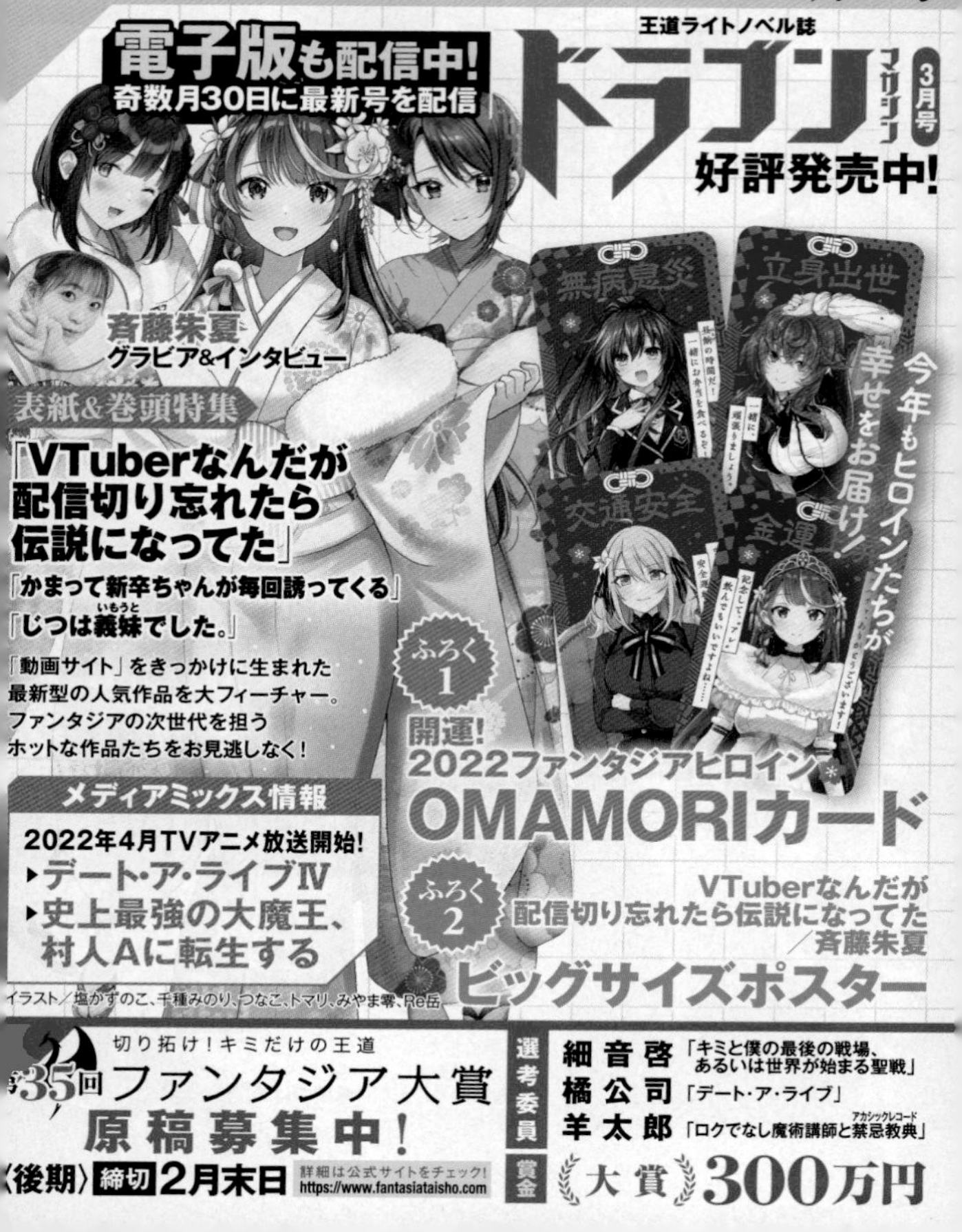

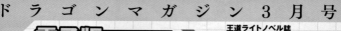

フ ア ン タ
俺の召喚獣は
神をも殺す
伝説の大魔獣——
の死体!?
俺の召喚獣、死んでる
著:楽山　イラスト:深遊
召喚術師養成学校に通うフェイルが喚び出し召喚獣は、神話の時代に数多の神々を殺したとされる伝説の大魔獣パンドラ——の死体だった!? 超巨大で最強、だけどまったく動かない召喚獣を相棒に学年トップを目指せ!

プレイヤーになってみたい?
それではどうぞ、
ゲームの中へ
僕の世界《シナリオ》は女神で回る
著:酒虎　イラスト:CloBA
TRPG愛好家の主人公・ユウ。彼が古本屋で見つけた出自不明のゲームの本から、姿を現したのは自称『TRPGの女神』!? 連れてこられたのは自作シナリオの世界! 気まぐれな確率に立ち向かう、遊戯幻想ファンタジー!

史上最強の大魔王、村人Aに転生する
2022年4月
TVアニメ
放送開始!
【CAST】
アード：深町寿成
アード（少年時代）：高橋李依
イリーナ：丸岡和佳奈　ジニー：羊宮妃那
シルフィー：大橋彩香　オリヴィア：園崎未恵
アニメ公式Twitter @murabitoA_anime
©下等妙人・水野早桜／KADOKAWA／村人A製作委員会

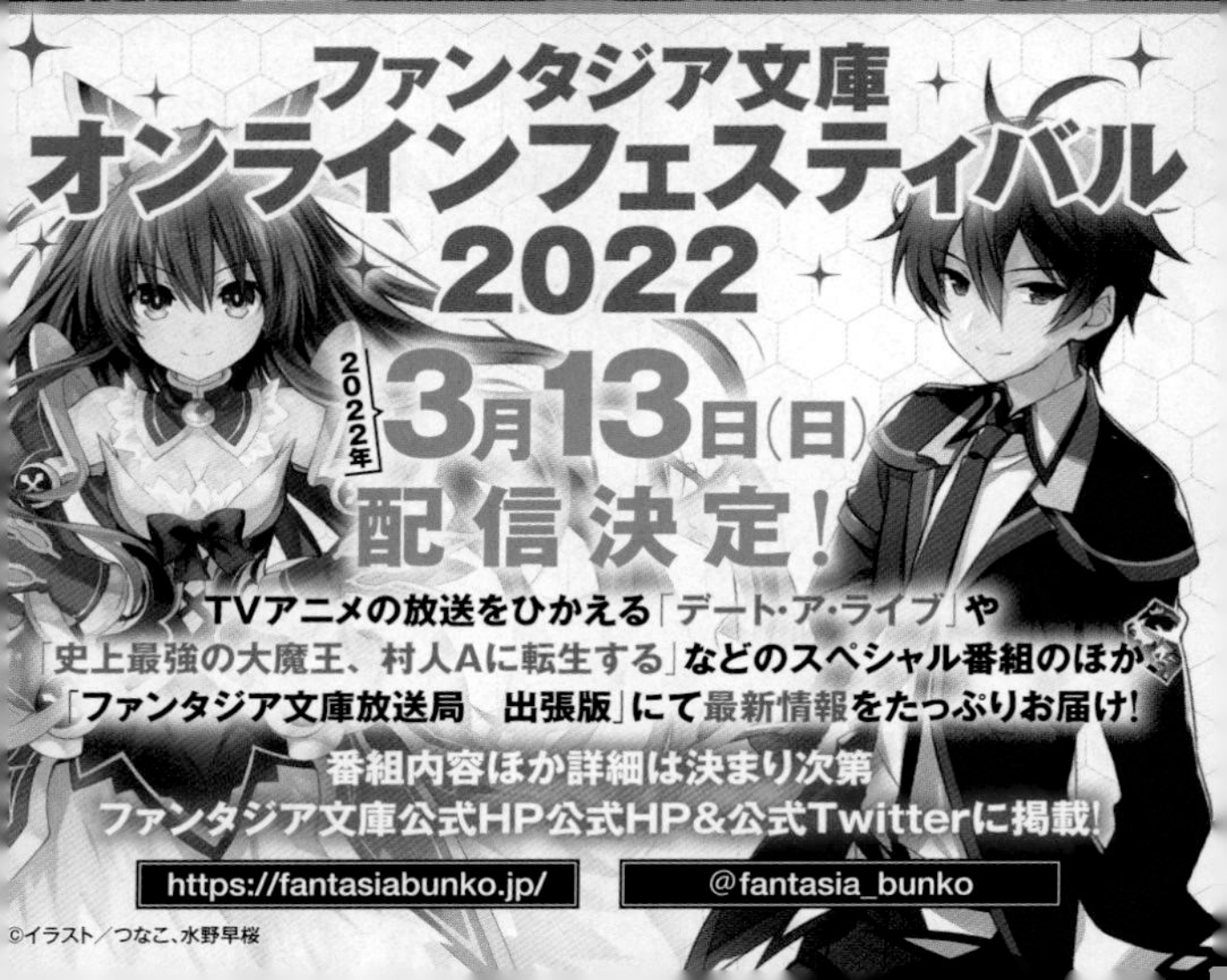
ファンタジア文庫
オンラインフェスティバル
2022
2022年 3月13日（日）
配信決定！
TVアニメの放送をひかえる「デート・ア・ライブ」や
「史上最強の大魔王、村人Aに転生する」などのスペシャル番組のほか、
「ファンタジア文庫放送局　出張版」にて最新情報をたっぷりお届け！
番組内容ほか詳細は決まり次第
ファンタジア文庫公式HP公式HP＆公式Twitterに掲載！
https://fantasiabunko.jp/
@fantasia_bunko
©イラスト／つなこ、水野早桜

軽く肩を揺すってみる。しかし、思いのほか眠りは深く、むにゃむにゃした反応すらなかった。相変わらず静かで規則的な寝息がそこから出ているばかりだった。

「碧！　あおいさーん！」

もう少し強めに揺すってみる。

「うん……？　悠……？」

一瞬だけ薄目でこちらを見た碧が両手で何かを探るように前方に彷徨《さまよ》わせたと思ったら、盛大に首に巻きついてきた。

「ひえっ」

柔らかで力の抜けた体温がむにゅりと重なる。首筋のあたりに湿った息もかかる。温かい。

まずい。

こんな状態を親に一秒でも見られたら、言い逃れできない。確実に地獄の家族会議を開かれる。濡《ぬ》れ衣《ぎぬ》でそんなのされたら俺はもう家出するしかない。

俺は覚悟を決めて、さっさと碧の部屋に運ぶことにした。

とりあえず、大きく息を吸って吐いてからそのまま膝裏に片手を入れて持ち上げてみた。

起き上がるときに少し腰にくるが、幸いそこまで重くはなかった。むしろ身長から想像するよりはずっと軽い。このまま一キロ歩けと言われたらキツいが、隣の部屋くらいまでなら余裕で行ける。

数歩進むと碧の肩にひっかかっていた長い髪の毛が重力に負けてはらりと落ちた。

完全に力の抜けている女子を輸送していると、謎の罪悪感が薄く湧いた。後ろめたさと言い換えてもいい。

えっさ、ほいさ。ほいさっさ。

あえて心の中でムードゼロの掛け声をかけながら隣の部屋の前に行った。ものすごく幸運なことに、細く扉が開いていたので、通る分だけ足で開けた。

部屋の中は暗かったが、廊下の明かりも少し入るしベッドの位置くらいはわかる。

あそこに碧を置いて、すばやく立ち去る。これが今の俺に課された使命だ。

しかし、ベッドに気を取られていたので、ローテーブルの脚に足をひっかけて、一瞬よろけた。そのまま碧と一緒にベッドにボフンと突っ込んだ。

衝撃からつぶっていた目を開けると、あと一センチでくっつきそうな距離に碧の顔があり、その目がぱっちりと開いていた。

「ん……？　悠？　ここどこ？」

「……地球、日本国、碧の部屋」

「なんで悠がいるの？」

幸か不幸か碧はまだ寝ぼけているようだった。今のうちにさっと部屋に戻ろう。

慌てて起きあがろうとして、手をついたそこはむにゅりとした柔らかい感触だった。

これは、ベッドじゃない……。

その物体が何かを把握した俺は頭皮から滝のような汗をかいた。

「ん……何してるの？」

「ごめんごめん！　わざとじゃない！」

叫びながら慌てて距離を取ろうとしてベッドから転げ落ちた。ゴン、ゴン、と俺の頭や足が床にぶつかる音がした。

「どうしたの？　何の音？」

「何も……！　何も起きてないから！　この国は平和だからもう寝なさい！」

「え……そうなの？　一緒に寝ないの？」

「寝ないし寝れるか！　おやすみ！」

掛け布団を上からバサリと掛けて、爆速で自室に取って返した。瞬間的に感じた強い疲労から、走ったあとのようにゼエゼエと息が切れていた。

それが落ち着いて、手のひらをじっと見つめる。

あれは俺の親友だ。

ものすごく可愛《かわい》くて心臓に悪い親友だ。

校外学習

体育祭のあとには校外学習がある。

二年生は二十キロウォーク。朝から川沿いを歩き、スタート地点から高校に戻ってきて終了となる。目的は災害時に交通機関が止まったときに自分が歩ける距離を知るためとかなんとかで、昔は四十キロだったらしい。事故やアクシデントを恐れた学校側によって、年々距離は縮まっている。

そんなわけで俺はその日、朝から見知らぬ高校の体育館にいた。

学校指定の小豆色のジャージ姿の学年が、そこで揃《そろ》って点呼と諸注意を受ける。

出発地点付近にあるこの高校の体育館は、スタート地点としてその日その時間だけ借りている。

体育館というのはどこも似たり寄ったりな造りだが、よく見ればどことなく違う。

扉付近にある消えかけの悪戯書《いたずらが》きも、少し破損しているバスケットゴールも、普段ここで生活している同じ年ごろの高校生たちのものだ。それは同じ時間に複数の高校生活が存在していることを実感させる。

隣り合った同じ作りの星のように、それは似通っていてもすごく遠い。

諸注意などの説明が終わるとぞろぞろと出発して川沿いに出た。

数分はみんな並んだまま、サイクリングロードの上を行儀よく歩いていたが、すぐに隊列は乱れていく。

幸か不幸か天気のいい日で、最初のうちは気持ちよく歩いていたが、すぐに汗がにじんできた。暑い。

「末久根……僕はもう無理だ……」

出席番号順で前のほうにいたはずの虻川が気がつくと近くにいた。

すでにゼェハァいっていて、その歩みは牛のように遅い。見ているとやがて完全に歩みは止まった。止まったが気持ちだけはまだ歩いているようで、ゼエハァした息と体の揺れだけは続いている。

「虻川、まったく進んでない」

「ひどい行事だよ……痩せちゃう……痩せちゃうよ……」

「健康的でいいことじゃないか」

「疲れたよ。暑過ぎるし残酷過ぎる……」

蛇川が早くも端に座り込んだ。たぶんまだ二キロも来ていない。先が思いやられる。

行列から離脱した蛇川と俺の目の前を、ほかの生徒たちがどんどん進んでいく。

蛇川を鼓舞してなんとか立ち上がらせようと声をかけた。

「行こうぜ。なんか話しながら歩いたら気が紛れんじゃないか」

「これはっ……肉体的限界であってっ……そんなっ……気分でどうにかなるもんじゃないんだよ！　本当に酷《ひど》い行事だ！」

蛇川は赤い顔のまま行事に向けて怒っていて、立ち上がろうとしない。

そこに巨乳の松本先生が通りかかり、こちらを見て笑った。

「あら、アナタたち～。もう座ってるの？」

「せんせぇ……僕はもう無理なんです」

「飴《あめ》でも舐《な》めてたら気が紛れるわよ。がんばりなさいね」

松本先生は俺と蛇川に塩飴をひとつずつ手渡して、手を振り前に進んでいった。

飴はポケットに入っていたらしく、まだ生温かい。

蛇川はそれを一度ぎゅっと握りしめた。それから開封して勢いよく口に入れると、急に元気になって歩き出した。気分でどうにかなったらしい。

半分の、十キロ地点で点呼と昼休憩があった。

俺は集合場所の河原で藪雨と昼飯を食いながらどちらも観《み》ているアニメ映画について話していた。

「あれ原作ではあのあと主人公が処刑されてるんだよな……」

「原作と映画でどこまで変えるのかだよな……あと原作のどこのシーンまでやるか」

「でもどっちにしろ、テロリストだからな……ハッピーエンドで終わることはないんだよ。原作者がそう言っちゃってるから」

青空の下、フィクションのテロリストの未来について案じていると、先ほどは疲れて一歩も歩けなかったはずの虻川が元気に走ってこちらに来た。

「末久根ー、見てくれよ！　お宝！　お宝だよ！」

「何が宝なのかわからん……」

渡されたスマホ画面には松本先生らしき人が写っていたが、後ろ姿で座っていて、顔もほとんど見えない。及川が横から覗《のぞ》き込む。

「ホウ……これはお尻のあたりが実に……虻川君は実にけしからんモノをお持ちで……」

及川は眼鏡をクイっと上げてからパッとスマホを取り上げて叫んだ。

「……没収！」

「わー！　やめてよ！　返してくれよ」

「及川……宝物なんだから返してやれって」

「けしからん！　けしからんですぞ！」

「及川！　このムッツリスケベ野郎！」

「あブッ！　虻川君！　眼鏡の上から叩《たた》いてはなりませんぞ‼」

大騒ぎしていてふと見ると、少し離れた場所で四方八方女子に囲まれていた赤彫が立ち上がってこちらに向かって手を上げた。

「末久根、ちょっと話がある」

「ん？　なんだなんだ」

少し離れた場所に移動して、川を正面に隣り合って座った。

「話ってなんだ？」

「いや……話はないんだけどな」

赤彫が黙り込み、俺はなんとなく周囲を見まわした。

遠くでは赤彫を失った女子たちが、早く戻ってこないかなといった様子でチラチラとこちらを見ている。赤彫に視線を戻す。疲れていた。

「具合悪いのか？」

「具合は悪くないけど……なんかおれ何やってんのかなーと思って……疲れた」

「お前はうまくやってるだろ」

赤彫はクラスに親しい男友達は少ないものの、話し相手は女子の友達がたくさんいる。女子にもてはやされているわりに男子にも嫌われていない。最近では上級生や下級生にも顔見知りが増え、浅く広くというカテゴリならば顔は広いほうだろう。赤彫はスペックのわりに驚くほど校内に敵を作らずうまくやっている。

「あぁ、おれは昔からどこ行ってもそこそこうまくやるほうだよ……」

聞きながらなんとなく湯田を目で捜す。土手の傾斜に碧と隣り合って座り、食べ終わった弁当を脇に置いてお菓子を出しているのを確認した。暑くなってきたからか、碧はすでに上着を脱ぎ半袖の体操服に半ジャージ姿だったが、湯田は律儀《りちぎ》なくらい上下かっちりジャージを着ている。

「おれ、昔は周囲とうまくやれてる自分がちょっと誇らしかったし……それ自体を楽しんでいた気がするんだけど……」

「はぁ」

「おれは周囲とバランスを取って、周りに嫌われないように立ちまわれている……でも、だからなんなんだ？」

「なんなんだって言われてもだな……」

「末久根……おれの幸せはどこだ……」

赤彫が人生に惑い始めた。

「赤彫、ちょっと待ってろ」

赤彫を待たせて立ち上がり移動する。

「湯田、そのお菓子をひとつくれないか」

「え、このミルクキャンディですか？　いいですよ」

「ありがとう」

戻ると赤彫はあぐらをかいて頬杖《ほおづえ》をつき、川のほうを見て暗い感じに自分の世界に引きこもっていた。

「赤彫、飴でも食って元気出せよ」

「そんなん、さっきからいっぱい差し出されて……おれ本当は甘いの苦手なんだよ……いらねえよ……」

蝿《はえ》を払うような仕草で片手を振り、小声でブツブツ言う赤彫に重々しく言う。

「よく聞け。これは湯田のミルクキャンディだ」

「なっ、湯田のミルク……だと⁉」

赤彫がバッと顔を上げた。

「変なとこで止めるなよ……」

「よこせ！」

赤彫は砂漠で一滴の水を与えられた旅人のように飴にむしゃぶりついた。

「湯田のミルク！　うまぁい！」

「本人に聞こえたら絶対殴られるぞ……」

赤彫はイケメンだし普段はチャラい二枚目を演じてるけれど、もしかしてこいつの本質は三枚目のほうなのかもしれない。いまいちナルシシズムが弱いというか、イケメンとしてチヤホヤされているときより、湯田をみっともなく追いかけているときのほうがよほど楽しそうだし生き生きしている。それなら、疲れるのもわかる気がする。

それに、もしかしたら赤彫にとって、ああいった感じの人間である湯田を追うというのは、単に恋愛以上の意味があるのかもしれない。それは今、彼が惑っている人生における新しい生き方を予感させるものだ。その生き方はきっと、格好良さはないが気楽で楽しい。

赤彫はヤケクソ気味に飴をガリガリ噛《か》み砕いて叫ぶ。

「湯田のミルク……おかわりっ……バフッ」

どこからかタオルが飛んできて、赤彫の顔面に命中した。見ると湯田と碧が近くにきていて、湯田は何かを投げたあとのフォームで固まっていた。

「妙なことを叫ぶのはやめてください！」

赤彫は湯田とタオルを見比べてから、勢いよくタオルに顔面を埋《うず》めた。

「こっちは湯田のタオル！」

「ひぃ……や、やめてください！」

「うわぁ……赤彫どうしたの？」

碧がドン引きした声をあげて俺を見る。

「赤彫は人生に疲れているんだよ……」

「人って疲れるとあんなふうになっちゃうの……？」

なんとなく揃《そろ》ったので、そのまま四人で後半戦に入った。

ずっと歩いていると思考の波に嵌《はま》りやすい。気がつくと他愛もないことを思い出したりしていて無口になる。

たかが二十キロ。されど二十キロ。小さな疲れが蓄積してきている。

特にまっすぐな川沿いの道は迷うことはないが、距離感はわかりにくくなる。

「あと何キロくらいだろ」

「たぶんまだ五キロくらい残ってる……」

話していると他クラスの女子四人組が小走りで近くに来た。

「あのー、赤彫くん……」

「残り、私たちと一緒に歩かない？」

「え、あー……」

赤彫が疲れた顔で言い淀《よど》む。

碧がそこにすっと行って、赤彫の腕を取った。

「ごめんね。今、赤彫あたしが借りてるから」

碧がクールに言い放つと、女子たちは「は、はい！」と元気よく答えた。

そしてきゃあきゃあしながら、月城さんならしょうがないね……といった感じに去っていった。

女子たちが去ると、碧は俺の隣に戻ってきた。知らん顔で歩き出す。

碧は疲れていた赤彫の気持ちを汲《く》んでくれたのだろう。実際湯田は止めてくれないだろうし、俺が言うのも変だ。あの女子たちに今あそこまですみやかにバッサリ断れるのは碧しかいなかった。

「月城さん……ありがとう。おれに触った手、めちゃくちゃゴシゴシしてるの気になるけど……ありがとう」

「うん……昼休憩のとき動きがヤバかったから……ちょっとかわいそうになっただけ」

思わぬ優しさを受け、赤彫が少し涙目になっていた。

人生に疲れていた赤彫は、ほんの少しだけ湯田の隣を黙って歩く時間を与えられた。

そのささやかなものを与えたのは友人である俺でも彼の好きな子である湯田でもなく、月城碧なのだから、人間関係の巡り方は少し不思議だ。

黙って赤彫の横を歩いていた湯田が、深いため息と共に赤彫に声をかけていた。

「これ、どうぞ」

「えっ、これは……」

「ただのミルクキャンディですけど……お疲れのようですし、糖分を」

「ありがとう……これ、もしかして開けると中に好きとか書いてあったり……」

「しないです」

「でも、想《おも》いはこめられて……」

「ないです」

「ありがとう湯田！」

「はい。どういたしまして」

前方の少し噛み合ってないやりとりを聞きながら歩いていると、碧が手を伸ばしたのか、小指と小指が一瞬触れた。

「ん？　なに？」

呼ばれたのかと思って声をかけると、碧はばつの悪そうな顔をして首を横に振った。顔を寄せて、小声で言う。

「なんか、繋《つな》ぎたくなって……うっかり、一瞬繋ごうとしちゃった」

「……そ、それは」

「わかってる。さすがにちょっと今繋ぐのはあれだなと思って……我慢した」

碧が言って、また前を向いて歩き出す。

陽《ひ》が少し傾いてきて、空が赤くなってきた。

川面《かわも》を反射する光は眩《まぶ》しくて強く、風景を記憶に焼き付けようとしてくる。

隣を歩く碧を見ると、こちらを見て笑う。

その瞬間が焼き付くのを感じた。

梅雨、碧の部屋

六月末。長く雨が続いていた。

期末テストが控えてはいたが、そのあとの夏休みに向けてまた平穏な日々が過ぎていた。

今日は帰宅後、夕食前までの時間、碧の部屋で勉強をする予定だった。

これまでたまに自宅で一緒に勉強するときはずっとリビングでやっていたが、同じ環境でやっていると、ダレてくる。

俺は特に気が散りやすい。親がテレビを点《つ》けて笑っていたりすると気が散る。また、親がいなくとも近くにテレビがあるとうっかり映画を観《み》ようとしたりして気が散る。そのほかにも、ついキッチンに冷蔵庫を開けに行く。つい棚のインスタントラーメンを作って食べる。満腹で眠くなる。

碧の部屋にはテレビがないし、この間碧が俺の部屋に入ったので、環境を変えがてら碧の部屋でやってみようという話になったのだ。

放課後に昇降口を出ようとして碧がつぶやく。

「あれ、今日は降らないって言ってなかった？」

ついさっきまで曇りだった空から急に水滴が落ちてきた。

数秒ぽつん、ぽつんと落ちたかと思うと、すぐにドシャドシャと音がするほどの勢いに変わり、でかい雨粒は、またたくまに路面の色を変えていく。

あっという間のことだった。

昇降口を出た屋根の下で、俺と碧は口を開けてそれを眺めていた。

「あれ、碧、傘持ってないのか」

「久しぶりに一日晴れるって天気予報で見たから、ベランダに干してきちゃった……」

「迂闊《うかつ》だなー梅雨はいつでも降るだろ」

「悠だって持ってないじゃん……」

「俺も今日は降らないって予報で見たから……予備の折り畳み傘は親父《おやじ》が会社に壊れたとか言って俺のやつ持っていっちゃったんだよな」

「あたしも、折り畳み傘、この間壊れて、せっかくだから可愛《かわい》いの買おうと思ってたところだった……」

話しているうちにもバシャバシャと地面を叩《たた》く音が一層でかくなって、声が通りにくく会話がしにくくなっていく。

「うーん、止《や》むまで待つ……?」

「昨日は夜までずっとこんな感じだったし、止まない可能性もあるぞ……走るか」

「えー、ここからだとちょっとしたマラソンだよ。それならもう歩きでいいよ。帰ってからシャワー浴びればよくない？」

「そうだな」

だんだん面倒になってきて、そのまま歩いて帰ることに決定した。

そんなわけで屋根の下から出て歩き出した。

ボツボツボツボツ。

一歩踏み出しただけで、あっという間に大粒の雨に頭を叩かれる。

一瞬後悔して戻ろうとしたが、その気持ちを打ち消す勢いで雨が体を濡《ぬ》らしていく。いまさら戻ってももう遅い。

「これ、もはやシャワーじゃないの？」

「俺、ちょっと楽しくなってきた」

「えっ、こんなので楽しいなんて、悠、変態じゃないの？」

「『ショーシャンクの空に』ごっこできるぞ。脱獄した直後の気持ちになれば……」

「うう……その映画あたしは観てないし知らないからなれないのー」

知らなくてもなんとなく映画の話だというのはわかったらしい。こういうとき、付き合いが長くなってきたのを地味に感じる。

「ここまで濡れると気持ち悪いね」

碧の言う通り、シャツはどんどん雨を吸って重くなっていくし、髪の毛からはボタボタ雫《しずく》が垂れていく。鼻先にはほのかに土の混じったような雨の匂いがしてる。靴の中に大量に雨水が入り込み、歩くたびにジャブジャブした感触がした。この歳《とし》になって着衣でここまで濡れることはそうない。

「……帰ってシャワーを浴びることを考えるんだ。腹減らしてから食う飯はうまいし、限界まで眠くなって寝落ちするのも気持ちいいだろ」

「そう思うしかないけど……でもやっぱり気持ち悪いよ」

そう言いながらも碧は笑っていた。

自宅が近くに見えたころ、雨足が急激に弱まったと思ったら、突然静かになった。

雨雲が移動したのか、急に少し明るくなる。

「いまさら止んだな……」と苦笑いしながら碧を見て硬直した。

碧のシャツはベチャベチャに濡れていて、ぴったりと体に張り付いていた。

普段制服を着ているときはそこまで強調されていない胸が張り出すように主張して、水色の下着が透けていた。スカートは色までは透けないが、やはり尻や脚のラインがはっきりとわかる。白くて長い太ももにはスカートから滴《したた》った水が少量流れている。

髪は濡れ、白い腕や、シャツから露出した鎖骨のあたりにも水滴がのっていて、艶《なま》めかしい美しさだった。

そのときちょうど、雲の隙間から陽《ひ》の光がさぁっと射《さ》してきて、碧に降り注ぐ。

まじまじと見てから思う。これは――

「濡れ透け美少女だ……」

うっかり声に出してしまったがため、碧はきょとんとした顔で自らのシャツに視線を滑らす。

「わ、きゃあっ」

すぐにびっくりした顔をしてパッと胸の前を両腕で隠した。

「……見た？」

碧は真っ赤になって睨《にら》んでくる。超高速で近所の家の盆栽に視線を移した。

「………………見てない」

盆栽は軒下にあったのでほぼ無傷で、雨上がりの陽射しにきらめいている。

「見たでしょ」

「見てない見てない」

急いで玄関に向かい、ポケットから濡れた鍵を取り出しながら言葉を返す。

「見た見た見た」

「つ、着いた！　家に着いたぞ！　鍵も開いた！　一刻も早くシャワーに行くといい」

「べつに見てもいいけど、なかったことにしようとするのはいただけない！」

「なんだそのわけのわからない怒りは」

碧は数秒まだ物言いたげにしていたが、ぶるりと身震いして、玄関で靴下を抜いで浴室に行った。

困ったことに美しいだけでなく、壮絶にエロかったので玄関先に座ったまま心を落ち着かせた。

ふと先日、父が雨に濡れて帰宅したときのことを思い出す。

最近急激に薄くなっていっている父の頭髪は濡れて細い束となり、ボリューム感のなさを引き立てられていた。眼鏡は雫だらけで部屋に入った途端曇ったのか、奥にある小さな目を隠していた。スーツとワイシャツはびっしょりと濡れ、母が悪戯《いたずら》で買った可愛いクマのキャラクターがプリントされているインナーシャツが透けていた。

細身なのに腹だけがぽっこりと出た中年体形も強調され、同時に中年の悲哀もまざまざと透けていた。あれを見て俺は、人間は水に濡れるとなんとみっともない姿になってしまうものなのだ……と感じたはずなのに。

同じ人間族の濡れ透けでどうしてこうも天と地ほどの差が出るのか……。

物思いにふけっていると頭にバスタオルがボサっと飛んできた。

「悠！　お風呂《ふろ》空いたよ！　シャワー浴びたら勉強道具持って部屋に来て！」

いまだ声はどことなくぷんすかしていたが、勉強は予定通り碧の部屋でするらしい。

シャワーを浴びて、部屋から勉強道具を取り出して碧の部屋の扉を叩く。

扉が開いて、部屋着のゆるっとした服にショートパンツの碧が出てくる。すぐに「入って」と中に招き入れられた。

一緒に住んでいてもお互いの部屋に入ることはほとんどない。最後に入ったのは碧の部屋に蛾《が》が入ったから逃がして欲しいと言われたときだった。

そのときも思ったけれど、とても簡素な部屋だった。

もっともここは碧からしたら一時的に借りている部屋なわけだから、大幅な改造はできないのかもしれない。しかし、それを差し引いたとしても、ベッドやシーツの色なども、甘さや装飾が薄い部屋といえる。勉強用の小さめのローテーブルの天板の色が赤とピンクの中間色で、そこでかろうじて女子の部屋感が出ている。

俺は変わったものがあると気が散りやすいので、物が少ないのは助かる。

それでも本棚のあたりをぼんやり見ていると、背後から碧が声をかけてきた。

「悠、髪の毛、ちゃんと乾いてないよ」

碧が俺の肩にかかっていたタオルで頭の水分をゴシゴシ拭う。

「ああ……悪い。部屋濡れるな」

「ううん、風邪ひくとよくないから」

碧はしばらくタオルの上からワシワシしていたが、やがて小さく息を吐いた。

「うん、よし」

納得したらしく、ローテーブルの俺の向かいに座った。

「じゃあ、始めよっか」

「おう」

しばらく真面目に勉強した。

期末テストで赤点を取ると夏休み中に補習となる。

俺はバイトをしたいので、そんなものに時間を取られたくない。わりと必死だった。

シャーペンがシュルシュルとノートを滑る音が部屋に響く。

一時間ほど経《た》ったころ、碧が伸びをして立ち上がる。

「つかれた～」

そう言って、自分のベッドにダイブした。

俺はそれを見て、なるほど自分の部屋だとついこういう動きをしてしまい、中断するのだな……と思った。

「悠」

「うん？」

「ゆーう、悠」

「うん……」

「休憩しないの？」

「もうちょっとでキリのいいとこ……」

バイトがかかってるせいか珍しいくらい集中して、ぼんやり決めていた目標の範囲までいけた。

顔を上げると碧がベッドにうつ伏せたまま、頭だけはみ出させていて、すぐ近くに顔があった。

「うわあ！　こんなとこに生首が！」

「休憩？　休憩だね！」

「珍しいな……いつもだいたい碧のほうが集中してるのに」

「自分の部屋だからかなぁ……なんか集中できない」

「まぁ、俺はこの部屋のベッドにダイブできないしな……」

「しなよ。おいで」

クッションを抱いた碧がどこか眠そうな声で、猫だとかの動物を誘うように呼ぶ。

この人さすがに危機感がなさすぎるんじゃないだろうか……。でもそれは親友として信頼があるからこそなのだろう。

そう思って碧と少し離れたベッドの端に寝転がった。近くにあった枕からシャンプーの匂いがする。

「あれ？」

碧の部屋には背の高い本棚があった。座っていると視界に入らないその一番上の段に、写真立てらしきものが二つ飾られていた。寝転がったまま指さして聞く。

「あれって写真立て？」

「うん。そうだよ。一個はこの間もらった年賀状」

「本当に飾ってるのかよ……もう一個は？」

「ああ、これ？」

碧がベッドの上に立ち、もう一つの写真立てを手に取り、渡してくる。

そこには幼いころの碧と俺が写っていた。

写真は二人が立っている背後に『入学式』のパネルが置いてある。小学校の入学式のときに撮られたものらしい。二人とも真新しいランドセルを背負い、正装している。

碧は不安げで泣きそうな顔をしていて、俺は満面の笑みでピースをしていた。撮られたときの記憶はあまりない。

「写真はいっぱいあるんだけど、印刷されてるのが少なくて、でもこれお気に入りなんだ」

「ふうん……」

お気に入りにするような写真だろうか。まじまじと見つめる。

「そうそう、お父さんのパソコンからあたしのスマホに移してある一番古い動画見る？」

「え、どんなん？」

碧が手招きする隣に行き、ベッドサイドの壁によりかかるようにして二人で座る。

碧がスマホを目の前に掲げて再生した。

それは公園で遊んでいる動画だった。

場所には見覚えがある。おそらく、社宅の近くにあった公園だ。

小さい碧が石でできた横に広い滑り台の上でわんわん泣いている。

登ったはいいが、滑るのが怖く、戻るのもやはり怖いといった感じだろう。周りの親たちもいざとなれば降ろしてやればいいのでどこかのどかな雰囲気で、笑いながら「がんばれ」などと声が入っている。

「これ何歳？」

「データの情報見たら二歳くらいだった……」

そこに同じ歳《とし》くらいの男の子がニヤニヤしながら登ってきた。俺だった。

何を思ったのか、幼き日の俺は碧の手をグイグイ引っ張っている。しゃがみこんでいた碧は泣き止《や》んですっくと立ち上がった。

二人は手を繋《つな》いだまま滑り台に座ろうとする。

そこでは「危ないから手を繋いで滑っちゃダメだよー」という大きめの声が入ってくる。

しかし、忠告もむなしく俺が碧を引っ張り、次の瞬間には二人で危うい感じによろけた。

周囲に悲鳴が広がった。

俺と碧は手を繋いだまま、危ない感じにゴロゴロと滑り台を転がり落ちていった。

「ゆ、悠！」

「あ、あおちゃあん！」

母らしき声が入り、それぞれの親が駆け寄っていく。画面は忙しくギュインと揺れてプツンと唐突に切れる。一分ほどで動画は終わった。

「衝撃動画一歩手前じゃねーか！　何だこれ怖いわ！」

「危なかったんだねー」

「いや、これ意外と普通に滑ってたからまだいいけど、頭打ってたら大変なことになってるぞ」

「でもなんかこれ……このあたし、悠が来たとたん泣き止んでるのが面白くて……悠も謎に自信満々の顔してるし」

「確かに腹立つ感じにドヤ顔してたな……」

「碧ちゃーん、悠？　開けるわよー」

突然馴染《なじ》みのある忌々《いまいま》しい声がして、扉がカチャンと開く。俺はベッドから転げるように降りた。

「はっはっはー。優しいお母様がジュースとお菓子を持ってきてあげたわよーん！　あら、悠……あんたなんで床に倒れてるの？」

「ははは……」

お母様の優しさに、俺は乾いた笑いをこぼした。

「あ、聡子さんもこれ観《み》てくださいよ。うちの父が撮ってたんです」

「え、どれどれー？」

今度は母が碧のスマホを覗《のぞ》き込み、碧が先ほどの動画を再生させた。

「あー……これは……静音ちゃんに平謝りしたやつだわ……でもこのころ、こんなことすっごく多かったのよ。よくあるっちゃあることよ。ちょっと目離すとすぐ悠が勝手に碧ちゃん連れて危ないことしようとするの」

母は「ほんと、あんたは！」と言いながら俺の頭をはたいてくる。

「痛い！　覚えてないころのことで気軽に叩《たた》くなよ！」

「だってあんた、滑り台はともかく……親が話してる背後でベランダに踏み台置いて上に登って……ああ、思い出しただけで寒気がするわ！」

「碧の家はよくそんなのと遊ばせてたな……」

「それはねー、碧ちゃんが悠のこと好きで……見るとすぐ近寄っていっちゃうから……それでなんとなくお互い様な感じになってたのよう」

碧の顔を見る。にこにこしていた。

「碧ちゃん、ほーんと馬鹿な息子ですけど……見捨てないで仲良くしてあげてねー」

母が俺の頭を強引にグイッと倒して頭を下げさせる。そのノリにイラッとした。

やたらとハイテンションなまま「あっはっはー」と笑いながら出ていく母の背中に心中

毒づく。なんだあれ。なんなんだあれは。

母が出ていったあともベッドに座ったままぼんやりしていた碧がぽつりと言った。

「悠はほんとに覚えてない？」

「なんも」

「あたしは、ちょっと覚えてる」

「マジか。記憶力いいな」

「ううん。できごとは覚えてないの。でも悠はあたしが怖くて行けないとこに楽しそうに行くから……あたしも行きたくなる。その感じは覚えてる」

碧は言いながら写真立てを見せてくる。

「ほら、この写真も……悠は楽しそうでしょ。あたしは小学校入るの不安で、泣きそうな顔してる」

「あ、それで泣きそうなのか」

「半べそで、悠のことじっと見てるでしょ。悠を見て不安を消そうとしてるんだなこれは」

言われてみれば、泣きそうな顔の碧はカメラではなく俺のほうをじっと見ていた。

夏の始まり

七月に入り、梅雨が明けて蟬《せみ》が鳴きだした。

俺は期末テストを目前に控えた放課後の通学路を碧と歩いていた。

歩いているだけで額に汗が滲《にじ》んでくる。今年の夏も暑くなりそうだ。

隣を歩く碧も空を見上げて眩《まぶ》しそうに手のひらをかざした。

「梅雨明けたらほんと急に暑くなったね」

「アイス食いたいな」

「じゃあコンビニ寄ってこうよ」

そんな他愛ないやりとりのあと、少しの沈黙があり、碧がまた口を開いた。

「悠もすっかりあたしの親友になったね……」

どこかしみじみした声で言ってくる。

「なんだそれ」

「だって悠、あたしが来たころは……ぷっ……くく、夜にトイレ行ったあと、走って部屋に戻ってたでしょう。鉢合わせしないために」

含み笑いで言われて言い返す。

「碧だって、来たころは部屋に籠《こも》ってること多かっただろ」

「それは悠のとは違って、人様のお家《うち》に住むんだから……最初からリビングでくつろげないでしょ……」

「俺……中学のころ友達の家のコタツで寝てて、あとから来た友達が一瞬俺の家だと勘違いしてたことあったぞ」

「あたしはそこまで図太くないのー」

碧が怒ったような口調で、笑いながら背中をポンと叩いてくる。

そうやって話していると確かに、と実感した。最近はすっかり親友が板についてきた気がする。

高校一年の五月に碧が家に来てから、気づけば一年以上経過していた。

当時は激しい変化だったそれは、日々の生活の中で慣れていき、すっかり定着した。

今では碧と学校に行くのも、下校するのも、弁当を食うのも、休みの日に一緒に遊ぶのも日常だ。もうずっと前からこんな感じだった気がしているくらいだ。

クリスマスに親友になってからも半年以上経《た》っている。

女子というだけで無差別に警戒していたあのころからしたら信じられない生活だが、碧という〝親友〟がいることは、俺にとって当たり前のこととなっていた。

小学校の脇を通るとかすかに鼻につんとする匂いがした。

「プールの匂いがするね」と碧が言って、それに「うん」と頷《うなず》きフェンスのほうを見た。

自分たちが通った小学校ではないので中に入ったことはない。

フェンスは下の部分がコンクリートの高い塀となっていて、外からは見えなかったけれど、おそらく塀の向こうにプールがあるのだろう。もう授業も終わっている時間で、人の気配はない。

隣を見ると碧もぼんやりとフェンスを見上げていた。

「小学校のころは高校生って、ものすごく大人に見えてたけど……なってみるとそうでもないよね」

「うちの親は大人になってもそんなもんだとか言ってたけど……」

「そうなのかなあ」

「まぁ、あの母親の言うことだから、一般的には知らんけど……」

小学生のころからしたらだいぶ変わったような気がするけれど、確かに大人になった気はまるでしない。そして社会に出たあとの未来はまだ想像しにくい。

連続してやってくる明日を何度も越えれば、いつかはきっとそこにいるのだろうけれど、今はまだ目の前の日々が全てだ。

テストが終われば俺と碧にとって、二度目の夏がやってくる。

それはすごく楽しみなことに感じられる。

俺はなんとなく、頭上に丸く広がっている青空のように、ずっとこのままの変わらない日々がだらしなく流れていくような、そんな感覚でいた。

変化の章

湯田《ゆた》

七月中旬。期末テスト最終日の放課後に、俺と碧《あおい》は教室に二人残っていた。

湯田に相談があると言われていたのだ。

碧と二人、誰もいない教室で隣に座り、無意味にじゃんけんなどで暇潰しして待っていると、前の扉がガラガラと開いた。

「お待たせしてすみません」と言いながら教師のように入ってきた湯田は教壇の前に立ち、ぺこりとお辞儀した。

「……どしたの咲良《さくら》」

「そうだよ。ずいぶん改まって」

「その……ご相談というか、ご報告、なのかな」

湯田は一度ふいとこちらに背を向けて、黒板のほうを向き、チョークで『ご相談？』と書いてごしごし消した。

また、こちらに向き直る。

「あの、実は私……あのー、あのですね……」

なんだかわからないが、どことなく緊張感のある顔が少し赤いし、様子がおかしい。

はたして、その理由は続く言葉ですぐにわかった。

「私、赤彫《あかほり》くんとお付き合いしてみようと思います」

「えっ」

「本当に？」

「はい。まだ本人には言っておりませんが……なんですか末久根《すくね》さん。その顔……やめておいたほうがいいでしょうか……やはり、やめておきま……」

「いやいや、待て待て！　意外だっただけだから！　やめないでくれ！」

「冗談です。末久根さんの顔くらいではやめません」

「危ない冗談はやめてくれ……俺は赤彫に呪われたくない」

「……でも、咲良、付き合いたくないから振ったんでしょ」

碧の言葉に湯田が真顔で沈黙した。

それからやっと俺たちの前の席にちょこんと腰掛け、ふうと小さく息を吐く。

「いえ、私は……本当は自分が傷つきたくないから振っただけでした。もともと私は赤彫くんのことはずっと……」

湯田は一息ついて話を続ける。

「ずっと……苦手だったんです」

「そこは好きだったたって言うところじゃないのかよ！」

俺の突っ込みに湯田は真顔で答えた。

「いえ、嘘《うそ》偽りなく心底苦手でした」

「そ、そう……」

湯田が続けて語るところによると、中学時代の湯田と赤彫の接点はずっと、同じクラスという一点のみだった。そしてクラスは三年間同じだったが、一年目、二年目は話をしたことがほぼなかった。この辺は赤彫に聞いていた話とも一致する。

湯田はその間もずっと赤彫のことは苦手だった。赤彫は最初からモテていたし、クラスでも目立っていた。女子の間で話に挙がりやすいため、どうしても目についてしまうし、情報だけは常に入ってきていた。

話で聞く赤彫はチャラチャラといろんな子と遊びまわっていて、わた羽のように軽かった。誘われたらあまり断らない。彼はそのころから個別ではなく複数の女子と一緒に遊ぶことが多く、その様子もまたハーレムを形成しているようで心証が悪かった。

そのころ湯田のところに入っていた情報だと、赤彫は中二で一度、向こうから告白してきたクラスの目立つ女子と付き合って、一ヶ月で破局していた。

破局した理由というのは赤彫がその女子と付き合ってからも女友達複数との交友をやめずに揉《も》めたというもので、表面的には赤彫が振られた形だが、赤彫はさほど気にした様子もなく、すぐに切り替えて以前通りの生活に戻ったように見えた。

湯田の祖母は華道の家元で、だからというわけではないが、彼女は昔から厳しく躾《しつ》けられていた。祖母の教えにしたがうと、赤彫のように誠実さに欠け、チャラチャラとした男子は唾棄すべき人間であった。

湯田と赤彫のファーストコンタクトは中三の春。それもなんてことはない、席が隣になった縁で、赤彫は湯田のノートを見ることがあり、そこからやたらと話しかけられるようになった。

湯田としては急に話しかけられるようになったが、赤彫は他の女子ともよくしゃべっていたのでそれを特別と感じることはなく、その時点で好意を感じることはまったくなかった。もしかしてと思ったのは高校に入学してかららしい。

赤彫本人も入学後にターボをかけたと言っていたのでそこら辺のがんばりはちゃんと伝わっていたようだ。

「赤彫くんのお気持ちは冬に一度お断りしたのですが、そのあとまた、何度かどうしたらお付き合いをしてもらえるのかと聞かれてました。それで、諦めていただこうと、レッドサークルの解散を条件に出したんです」

「おお……あれ、解散とかできる組織だったのか？」

「まあ、思い切り異性ではありますが、それでも友人関係のひとつですので、私ははなから無理だと思っておりました……断るための方便です」

そう言われてふと思い返すと、校外学習以降、赤彫は女子と戯《たわむ》れていなかった。

あのとき人生に惑っていたようだったから、その影響かと思っていたが、どうやら振れてからもなかなかがんばっていたらしい。執念の赤彫。

「そうか。赤彫のがんばりにほだされてくれたのか」

「はい。いえ、でも……それだけじゃなくて……そもそも、私は最初告白されたあと、赤彫くんはすぐ切り替えるんだろうなと思ってたんです……。それで、そう思ってムカムカしてたんです……でも、水族館で会ったとき、まだ落ち込んでいたので……申し訳ないのですが、少し嬉《うれ》しく思ってしまいました。だから、一番大きな理由は……私が……あ、赤彫くんを……す、好きだと思ったからですかね？」

「湯田、なんで今、語尾疑問系になった？」

　しかもだいぶ嫌そうな顔だった。嫌そうというか、悔しげというか……。

「……………オホン、思ったからです……！」

　言い直した。なんか言い聞かせるかのように言い直した。

　湯田は立ち上がって思案するように時計を見た。

「正直……少し不安なんですけど……」

　自信なさげに言う湯田に碧が声をかける。

「え、でもそれなら……無理に付き合うことなくない？　友達としてもう少し……」

「いえでも、私はほかの女子を恋愛対象として見てほしくないと思ったんです」

「え……」

「友人は複数いるものですし、私は……好きな人とはお付き合いしたいです」

　湯田がきっぱりと言って、碧が小さく息を呑《の》んだ。

「お二人に聞いてもらえて気持ちが整理できました。行ってまいります」

「え、どこへ？」

「……いまいち決心がつかなくて……実は今日、校舎裏にお待たせしてました」

　赤彫を別所に待たせて相談に来ていたらしい。まぁ、多少待たされても結果がよいなら赤彫も気にしないだろう。

一度立ち上がった湯田が不安げに振り返る。

「大丈夫でしょうか。つい昨日赤彫くんの気が変わったりしてないでしょうか……」

「大丈夫だよ。早く行ってやって」

「は、はい。それでは！」

湯田はさっそうと教室を出ていこうとして、扉にガン、と激突した。

「あぐっ！」

鼻の頭をぶつけたらしく、しばらくしゃがみこんで顔面を押さえて震えていた。

「湯田……大丈夫か？」

「少し……緊張しておりますが……大丈夫です！」

湯田はパッと顔を上げ、立ち上がった。そして俺と碧に向けてびしっとピースサインを作り、今度こそ出ていった。その鼻の頭はほんのり赤かった。

「……湯田、なんかかっこいいなー」

もともとしっかりしているほうだと思ってはいたが、なんだか一足飛びに大人になったように感じられた。

よかったよかった。そう思って隣を見ると、碧が呆《ほう》けたような顔をして小さく口を開けていた。

「碧……碧?」

「え、なに?」

「赤彫、よかったなー」

「ああ、うん……そうだね」

碧はその日、それからずっとぼんやりしていた。

終業式

一学期の終業式の日。夏休みの到来に皆浮き足立っていた。

友人らは皆帰宅して、俺は碧の用事が終わるのをひとり待っていた。

教室には俺のほかに何人かの女子が残っていて、離れた席で話をしていた。

「あ、あたしパス。彼氏できたから男友達と遊ばないようにしてるんだー」

「えー」

「カヤちんも彼氏持ちかぁー、ひーん寂しいヤダー」

「はいはい」

「カヤは私のなのにー」

「ミナとも遊ぶって。メンバーに男子入ってるのはパスするだけ」

「えー、厳しくない？」

「べつに向こうに何か言われたわけじゃないけど……誤解されたら面倒で嫌じゃん？　あたしは彼氏できたら男友達は切る派」

「えーまじめか」

「ていうか、そうじゃないとこっちが遠慮なく言えないじゃん。あたし束縛しまくるタイプだから、いざってときに弱みになるカードは持っていたくないんだよね」

そんな声が聞こえていた。

俺はすぐに手元のスマホゲームに意識を戻したが、そのまま会話は続いていたようで、途中で声をかけられる。

「あ、末久根いるじゃん。ねー、末久根」

「なんだよ」

「お、末久根が返事した」

「返事くらいするよ……」

「いやあんた一年のときド無視してたじゃんよ！」

「そうか？」

「あんたどう思う？　もし彼女が男友達と仲良くしてたら」

「………知らん」

「やっぱあんた愛想《あいそ》悪いわ……」

「悪かったな」

なんだか面倒くさい話に巻き込まれそうだったので、教室を出ていくことにする。

鞄《かばん》を持って扉を出ると、廊下に碧がいた。ぼんやりしている。

「あれ、碧。いたなら………どうかした？」

碧はぼんやり立ち尽くしていた。

目の前で手をヒラヒラ振ると、はっとしたようにこちらに焦点を合わせる。

「あのー、碧さん？」

「ごめん、寝不足でぼうっとしてた……帰ろう」

「大丈夫かよ。また小説？」

「ううん……ゲームかな」

いつもならどんなゲームをやっているかの説明まで入るのだが、本当に寝不足らしく無言だった。

昇降口を出るとすでに真夏としか思えないような直射日光が大活躍していた。

「あっついなあ……俺、今年の夏生き残れるのかな」

暑さに文句を言いながら校門を出て、いつも通りの帰路を歩いていたら急に手をきゅっと握られて、びっくりして顔を見る。

「悠《ゆう》、結構女子と話せるようになったんだね」

「いや、会話したつもりはない……」

あの女子たちとはノリが合わない。俺の危機管理センサーが関わってはならないとビュンビュン反応している。

「さっきの話、悠はどう思う？」

「え？　さっきのって？」

「恋人ができたら、友達は切るみたいの」

「ああ……その話か」

入ってこないと思ったら廊下で傍聴していたらしい。

「確かに彼女ができてから付き合い悪くなる友達はたまにいるけど……別れてからまた普通に遊んだりしてるし、気にしたことないな」

「それは同性の友達の話だよね」

「うん。異性の友達は碧と湯田くらいしかいないから……よくわからん」

碧は黙り込んで、目の前の信号が青に変わってからまたモゴモゴと口を開いた。

「あのさ……悠がほかのクラスの女子にバレンタインにチョコもらってたって……さっき噂《うわさ》で聞いた」

いまさらすぎる話が急に湧いて出て、びっくりした。

「えっ？　ああ、あれ？　知らない人だったし、怖いから返したけど……」

「悠は彼女とか……欲しいと思ったことない？」

「いや、まだ無理だな」

最近、俺の女性不信はだいぶ緩和されてきている感覚があった。

碧と過ごす時間が積み重なるうちに、男と女で分けていた世界に親友というくくりが加わり、それらがゆっくりと混ざっていっているのだと思う。

親友として多大な好意を寄せてくれる碧だけでなく、友人として距離を取りながらきちんと人として接してくれる湯田、高木《たかぎ》のような、さほど性別を気にしないで接してくるやつがいるのも影響しているかもしれない。俺は先日ふと、いつの間にかコンビニで女性店員の顔を見れるようになっていることに気づいた。

だから俺が冬に条件反射的に拒絶してしまった、バレンタインにチョコを渡してこようとした女子に対しても、最近は悪意ではなかったのだろうと解釈して、少し申し訳なく思っていた。

でも、だからといって、恋愛対象として関われるかはまた別だ。

俺はおそらく女子と人として関われるようになってきただけだ。異性として関わるのはまだ難しいと思っている。

恋愛はがっつり男女の差を浮き彫りにさせる関係性だし、損得の絡《から》まない友人関係と比べると打算的な側面が多くあるように感じられる。その面において女子はやっぱり得体が知れない。苦手が緩和されてきた今だからこそ避けたいものが恋愛だ。人として関わる分には、妙な被害者意識も湧きにくい。

「女子は何考えてるか知れないしな……」

「あたしは？」

「碧は親友だから……いわゆる女子とは違うな」

何を考えているかも意外にわかりやすいし、また、わかるようになってきた。

「あ、あたしも……」

「えっ」

「あたしも、彼氏とか、いらない……！」

「いや、でも碧は……」

べつに親友に気を遣うことなく恋愛を……と一瞬だけ表面的に思ってみたが、想像してみたら普通に嫌だったので口に出さなかった。

親友に彼氏ができたら……とても、すごく嫌かもしれない。

これは、さきほどの観測によると女子同士の友人間では普通にある現象らしいが、同じものなのだろうか。深く考えないようにした。

藪雨《やぶさめ》

高校二年の夏休みは、去年同様毎日暑かった。

無事に期末テストをクリアして補習を回避した俺は、週の半分くらいはバイトに勤《いそ》しんでいた。

去年は前半二週間ガッツリやって、そのあとは特にやらないスタイルだった。今年は週四で夏休みの終わりまでコンスタントにシフトを入れていた。

バイト先は、家からは少し遠い都心の駅にある映画館だ。

スピーカー代、そして碧に出してもらっていた分のプロジェクター代も早く稼いで返したい。夏休みが終わってからも日数を減らしてバイトは続けたいと思っている。

それでも合間には友人と遊んだりもしていた。

今日は碧が仕事に行っていて不在で、俺はアニメマニアの藪雨を自宅に呼んで遊んでいた。何をしているかというと、俺の部屋のスクリーンで藪雨の持ってきたアニメ映画を再生していただけだ。

アニメマニアの中でも、藪雨の好むものはどちらかというとやや硬い。

絵柄が萌《も》え系のものはたくさんあるけれど、内容的には女の子たちがなにげない日常を過ごすものよりは、ＳＦやアクション要素のあるものが多かった。

藪雨は再生した映画を観《み》ながら、このシーンは誰それさんが作画監督なのだとか、このシーンは有名な古いアニメのオマージュになっているだとかを、ぽつぽつと、言葉少ななが楽しそうに解説してくれる。話そのものも楽しいし、本当に好きなんだなぁと感心もした。

映画が終わって藪雨がぽつりと言った。

「悠は前、配給関係に行けたらって言ってただろ……」

藪雨が言ったのは、前にちらっと世間話にまぜて話した俺の将来の夢の話だ。

「ああ、うん。まだそこまで具体性はないんだけどな。希望の選択肢のひとつというか」

「……俺は断然制作側に行きたいんだよ」

唐突な告白に、思わず顔を見た。普段から表情の薄い彼の顔に特に変化はみつけられなかった。

「アニメ関係っていうと、アニメーター、制作進行、脚本、３Ｄ、ＣＧもあるか、いろいろあるけど、何を目指すんだ」

聞きながら勝手に予想する。

藪雨は絵がうまい。休み時間や、なんなら授業中もノートにガリガリ絵を描いていることが多い。あまり今風の絵ではないが、線の多い緻密な絵柄は同年代の中では飛び抜けてうまい。

彼は近くに友人以外の誰かが来ると、さっと隠してしまうのであまり知られていないが、友人の間では公然の秘密だった。俺はそこからアニメーターかなと安直に考えた。

藪雨は、はぁ、と小さな息を吐き、珍しく緊張した面持ちで俺を睨《にら》んだ。

「……笑うなよ」

「おお」

「監督だ」

「……すげえな」

「言ってるだけなんだからすごくねえだろ……」

「いや、真剣だと口に出すのも勇気いるだろ。すげえって」

身の丈に余ると感じる夢をてらいなくペロっと口に出せるタイプの人間はいる。

しかし、本気で考えていればいるほど恥ずかしくなり、あるいは畏れ多さが出て、なかなかはっきりとは口に出せない人間もいる。厳しい現実と自分の立ち位置を知っている人ほどそうなりやすい。

藪雨はまだ何者でもない。

けれど、情報の溢《あふ》れたこの時代に、何もわかっていないわけではない。その状態で彼がそれを口にしたのは、素直に格好いいと思った。

「俺……夏休み中に一分くらいのアニメを作ってネットに上げてみようと思って、準備してたんだ……」

「おお……それ、難しいんじゃないのか」

「もちろんひとりだから時間と手間はかかるけど、やり方自体はそこまで複雑でもないし、そんなに金もかからないよ」

「ほお……」

「まぁ、最初は誰も観ないだろうけど……悠、できたら観てくれるか」

「そりゃ観るよ」

「ありがとう」

目の前の男は今はまだ何者でもない。

もしかしたらこれからも、彼が目指す何者にもなれない可能性だってある。それは恐ろしいが現実だ。

でも俺はその、藪雨の静かな決意を見て、やがて来る大きな瞬間の前夜に立ち会ったようなすがすがしい気持ちになった。

同級生を見ていても、ビッグマウスのやつは結構いる。そういうやつはなんとなく言葉が軽い。スポーツでも、芸術の分野でも、やれるやつには何か雰囲気がある気がする。少なくとも藪雨にはその雰囲気があった。

「……べつに、わざわざ人に言う必要もねえかなと思ってたんだけど……やっぱり言ってよかったな」

「なんで?」

「なんでだろな。なんとなく、自分の目標を、思ってるだけでなく、馬鹿にしない人間にはっきり宣言するのは大事な気がする」

確かに、藪雨は基本的には不言実行タイプなので、少し意外に感じはした。

玄関を出たところで、外にいた碧と鉢合わせした。

俺が思うより仕事が早く終わったらしい。碧と一緒に住んでいることは赤彫と湯田にしか言ってない。

「あ……」

碧が小さな声を上げて引き返そうとした。藪雨が呼び止める。

「月城《つきしろ》さん、俺もう帰るところだから」

そう言って、さっさと駅に向かって歩いていく。

「待った、藪雨……」

一応説明しておこうと、追いかけた。

クラスメイトには隠していたが、親しい友人連中に関してはわざわざ言ってなかっただけで、特別隠してるわけでもない。

「あお……月城、去年からうちに居候《いそうろう》してるんだよ」

「ああ、それでか……」

なんとなく怪しい動きとなっていたところに合点《がてん》がいったのか、藪雨は小さく頷《うなず》いた。

「べつに……そこは俺には関係ないし、誰にも言わない」

藪雨のことは家を出て最初にある信号で見送った。

誰かが前向きにがんばっているのは見てて気持ちがいい。俺は成功体験を描いた映画で成功を疑似体験したあとのように軽く高揚していた。

ただ、我に返ったときについ自分のことを思い出してしまい、その部分ではちょっとさえない気持ちになった。はっきりとやりたいことがある藪雨のことを少し羨ましく思う。

家に戻るとダイニングで座っていた碧が立ち上がった。

「大丈夫だった？」

「うん。藪雨は言いまわるタイプじゃないから。そもそも絶対隠したいやつを家には呼ばない」

「そっか」

碧は大きな息を吐いて部屋に戻っていった。

動物園

碧はここのところずっと、少しぼうっとしているように見えた。いつからかというと、ちょうど湯田の『相談』があった日あたりからだ。

ふっと考え込んでいることが多く、どことなくしょんぼりしている気がする。

その日も夕食後、碧はずっとテーブルに座ったまま、マグカップの取っ手を指でもてあそんでいた。

俺は正面の椅子に座り、スマホで好きな映画監督のインタビュー記事を見ていた。

顔を上げたとき、碧の体勢が十分ほど前から変わっていなかったので少し驚いた。

「碧、何してんの」

「何って……紅茶淹《い》れたから……」

碧が答えてマグカップを見た。そこには紅茶がなみなみと入ったままで、おそらくもう温度を失っている。

「……なんか元気ない？」

「え、そんなこと……ないけど」

まじまじと顔を覗《のぞ》き込む。

ぼんやり視線を合わせた碧がはっとしたように目を見開いてじわじわと赤くなっていく。

「やっぱちょっと具合悪いかも……部屋戻るね」

碧は勢いよく立ち上がり、バタバタと部屋に戻っていった。心配になる。

その様子をキッチンから横目で見ていた母が口を挟む。

「碧ちゃん、最近食が細いし、元気ないのよね。なんかあった？」

「俺は知らないけど……」

俺以外の人間から見てもやはり元気がなかったらしい。

「学校関係では心当たりがないし、あったとしても今休みだしな。仕事でなんかあったとかかな」

「あら、お仕事は好調みたいよ。この間もいつもとは違う雑誌のお仕事もらったって言ってたし、特に嫌なこともないって」

だとすると心当たりはもう浮かばない。

母が天井を見ながら「あ、わかった」とつぶやいた。

「え、なんだと思う？」

「碧ちゃんご両親と離れてもう一年以上でしょ。海外にいるからホームシックとは少し違うけど……寂しくなったんじゃない？　きっとそうだわ」

「いまさら……？」

いかにも親による親的な思考回路だ。

寂しくなるならせいぜい半年後くらいじゃないのか。

顎に手をあてて自信ありげな顔で勝手に納得している母を置いてダイニングを出た。

なんにせよ親友に元気がないのは、なんとかしてやりたい。

部屋の前で扉をゴンゴン叩《たた》くと、碧がぼんやりした顔のまま扉を開けた。

「悠、どしたの」

「あのさ、二人でどこか遊びにいかないか？」

「え、行く」

碧は一度目を見開いて、即答してくれた。

「行きたい。いつ行く？　明日は？」

「俺は明日でもいいけど……具合悪いって言ってなかった？」

「大丈夫！　そしたら明日！　悠から誘ってくれるの珍しいね。どこ行こうか」

あっという間に笑顔になった碧はものすごく喜んでいて、無事元気になった。よかった。

「碧はどこか行きたいとことかある？　それか買いたいものとか」

「そうだね……あ、動物園がいい」

「一番近くの？」

「うん。中学のとき友達と数人で行ったんだけど……そのとき勝手に男子呼んだ子がいて、なんかすっごく……いろいろあって、嫌な思い出なんだよね」

碧は眉根を寄せて苦々しい顔をして言う。

「なんでまたそんな場所に……？」

「あたし動物園自体は好きだから、悠と行って楽しい思い出を上書きしたい」

「わかった。そしたら明日は動物園な」

「りょーかい。何着て行こうかな～。迷う」


翌朝、碧はいつもより元気だった。

こっちの服とこっちの服ではどっちがいいかなど聞きにきて、鏡を見てやっぱりどっちもやめたなどと言って部屋に戻る。結局丈の短いオーバーオールのような服を身に着けたが、今度は髪型で悩み出す。その間もずっとニコニコしていた。

「いってきまーす」

その時点で両親は仕事に行っていて、誰もいない家に元気よく挨拶をした碧はとても明るかった。

駅まで出て、碧が構内に入っている雑貨屋を見たいと言うので先にそこに入った。べつに急いで行かなきゃならないわけでもない。

しかし女子向けの雑貨屋というのは、半分くらいのコーナーが化粧品とそれに準ずる謎のクリーム、髪飾りなどの装飾品などで埋まっていて、正直あまり見るものがない。中にいるのも居心地が悪いくらいだ。

俺は早々に外に出て、駅通路に出ていた十円饅頭《まんじゅう》の出張販売を見ていた。

この間見たときにはロールケーキの店だった。どういった仕組みであの場所に来るのだろう。

どうでもいいことを考えていて、ふと店内に視線を戻すと碧が立ち止まって固まっていた。目の前の商品を見ているのかと思いきや、焦点はそこに合ってないのでぼうっとしている。

そこにどこかから現れたチャラさ全開の男がシュシュッと寄っていき、お笑い芸人のように「どーもどーも！」と声をかけ始めた。

正確には声は聞こえなかったので「どーもどーも」は俺の脳内副音声だが、そんな感じであった。

チャラ男が入店して碧を認識してから近寄るまでその間数秒。あっという間だった。

美少女の吸引力がすごいのか、チャラい男のスピードが速いのか。俺も急いでそちらに行った。

「すみません、急いでるんで」

適当に言って碧の肩を押しその場を離れようとしたが、碧の動きが鈍かったので手を取った。

そのまましばらく歩いていると、碧がおずおずとした口調で言う。

「あ、あの……悠……」

「え？　何？」

「手が……」

「え？　手？　あぁ……」

繋《つな》ぎっぱなしだったのを、ゆっくりとほどかれた。いつも碧のほうから気軽に繋いでくるので、そんな反応をされると少し心外だった。

それにしても手がやたら熱かったのが気になった。顔を見るとぼんやりしてて少し赤い。

改札の前まできて、立ち止まった。

「碧、もしかして熱あるんじゃないか？　顔が赤い」

「…………ない」

碧が顔をふいと背けた。

一瞬ためらったが、手を伸ばしておでこに触れた。

碧の動きがぴたっと止まった。目玉だけ動かして不思議そうにおでこのほうを見た。

あまりやったことがないので、こんなことをしてわかるものなのだろうかと半信半疑だったが、明らかにわかった。

「碧、おでこ、むちゃくちゃ熱いぞ……！」

「え……そう？」

「これ、焼肉焼けるぞ」

「え、カルビ？　ハラミ？」

「その返答……さては頭もぼうっとしてるだろ！　帰ろう」

「えっ？　せっかく来たのに……やだよ！」

「いやって……熱があるんだよ」

「やだよ。熱なんてないよ。行こうよ」

そんなに楽しそうにしていたわけでもないのに、猛反対してくる。

しかし、熱の人間を動物園で引っ張りまわすなんて、考えただけで楽しめるはずがない。

ぶーぶー文句を言われながらも結局家に帰ってきた。

「とりあえず、ベッド行って」

帰宅してすぐに碧を彼女の部屋のベッドに寝かせた。

しかし、一安心して体温計を捜しにいって戻ると、もう体を起こしている。

「あっ、碧！　起きてる！」

「寝る、寝るってば……うるさいなぁ。でもその前に顔洗ってメイク落としたいし、着替えたいの！」

どことなく子どもの反発めいた怒った声を出されたが、内容はもっともなので頷《うなず》いた。

碧が洗面所に行って顔を洗って着替えている間、俺はコンビニに行ってスポーツドリンクを買ってきた。

戻ると碧はちゃんとベッドに入っていた。改めて体温計で計るとやはり熱があった。

「寒い……」

「俺、掛《か》け布団《ぶとん》もう一枚持ってくる」

押入れに予備があったと思っていたが、見つからなかったので俺の部屋の掛け布団を持っていって上に掛けた。

碧の頬は熱のせいか赤くなり、涙目で潤んでいた。なんだか泣き出しそうに見える。

その顔のままずっとブツブツ怒っていた。

「うう、せっかく悠が誘ってくれたのに……帰らせるなんて……悠のバカ」

どさくさ紛れによくわからない罵倒をされた。

「せっかく……せっかく……うっ……うっ、くっ」

赤い顔でぼんやりした視線を天井に向けてブツブツ言っていた碧は、途中で子どもみたいにグズグズと泣き始めた。

こうなると部屋にいていいものか、退室すべきか迷う。

俺はベッドサイドにあぐらをかいていたが、立ち上がろうとすると厳しい声で「どこに行くの？」と止められたので座り直した。

碧は俺が座り直すのを確認してから改めてグスグスと泣き始めた。

「うう……せっかく服選んで……出たのに……」

軽い既視感を覚える。

碧のこの泣き方は小学生時代に数回見たことがあった。

大抵は『友達にあんなことを言ってしまった、嫌なやつに思われたかも』とか『席替えで気の強そうな女子の後ろの席になってしまった』だとか、ものすごくミクロなことで発露させていた。久しぶりに見た。まさか高校生になって見ることになるとは思わなかった。

「どうぶつえん……行きたかったのに……」

「また今度行けばいいだろ」

「だってあたし……せっかく、苦労して友達になれたんだよ……すごく……悠が……嫌がったから……」

「……最初のころは、感じ悪くして悪かったよ……ごめん」

「あたし……悠しか友達いないから……」

「湯田とか、いるだろ」

「小学校のときは、咲良いなかったもん……」

「いや今、俺たち高校生だぞ。それに、小学生のときだって……」

「あたしと遊んで、楽しそうにしてくれるの……悠しかいないもん……あたしと遊んでも、みんなつまらないんだもん……うう、ぐすっ」

「いや、そんなことないと思うが……」

普通に考えて碧と仲良くしたい人間は、俺と仲良くしたい人間の倍以上はいるだろう。

「ど、どうびつぇんん……うぅ……悠のバカ……」

「ごめんて」

「悠……」

「はい」

「手握って」

「はい」

さっきちょっと嫌がってたくせに……思いつつも素直に手を取った。細くて白くて小さな手は燃えるように熱い。

「悠」

「はい」

「悠は……あたしの親友？」

「うん」

「ふえぇ……」

「なんでそこで泣くんだよ……」

「悠……」

「なに」

「ちょっとだけ……ぎゅってしてみて……」

「えぇ……なんでまた」

「う……うぇえ、い、嫌なら……」

「わ、わかった。やります！　やるから！」

ベッドに膝を乗り上げ、そおっと手を伸ばして、上半身を抱えるようにした。

「それはなんか手を置いてるだけ！　悠はいっつもそう！」

今日はより一層ダメ出しが激しい。勢いよくがしっと抱きしめた。

「ふんぬ！　これでどうだ……！」

「……うん、ちょっと苦しい」

調節が難しい……。

碧の体はものすごく熱かった。

「悠はさ……今まで好きな子とかいたことないの？」

「……ない」

「ああそう！　知ってた！」

「なんで怒ってるんだ……」

「あたしだって……いなかったし」

「うんうん……なんかわからんが寝たほうがいいぞ」

「悠ってそうだよね……小学校三年のときも……移動教室から帰ってきたあと……うう……悠が……走っていっちゃって、見失ってあたしは家に帰って……」

「え、いつの話？」

抱きつかれながら記憶にない話で糾弾されて困惑する。

「覚えてないならもういい……離れて」

「はいすいません……」

熱のときは気弱になるものなのだろう。碧は鼻をぐすぐす鳴らし、相変わらず現在と過去が混じり合った前後関係の薄い言葉を吐きながらメソメソしていたが、やがて電池が切れたようにこてんと寝た。

ふいに教室で静かに文庫本を読む碧の姿が浮かんだ。

カーテンを揺らして入る風が髪をわずかに揺らすが、目線はまっすぐ本を見ている。

碧は教室では、ひとりだけ歳上《としうえ》みたいに成熟していると言われている。些細《ささい》なことでは揺らがないし、いつもクールで落ち着いた表情をしている。

現実に視点を戻すと、赤い頬に涙のあとをつけた碧が子どもみたいな顔で眠っていた。

俺は親の言ったホームシックという言葉には懐疑的だった。

でも、それは別としても、今日の碧は十六歳の、頼りない女の子な感じがすごくした。

小学生のころの気弱なアオちゃんは、たぶんそのままの姿で、碧の中に隠れている。

月城碧は実際のところ、クールでもなんでもない。

プール

翌日、碧の熱は無事下がった。

風邪かというとそうでもなさそうなので、軽い熱中症か、ストレスや疲れからの発熱ではないかというのが母の弁だ。

しかし、熱は引いたのに相変わらずときどき上の空になったりして様子はおかしいままだった。

ふと見ると食卓でフォークにパスタをこんもり絡《から》ませたまま、あらぬほうを見ていたりする。すっかりアンニュイな美少女になってしまった。

相談がてら電話した赤彫の声は腹が立つほどほがらかで明るかった。

「ふむふむ。月城さんが、元気がないとな！」

「ああ、なんか変なんだよなー」

「それなら、遊びに誘ってみたらどうだ！」

「もう誘ったし、そのときは喜んでたけど……熱出して結局行かなかったんだよ」

「そしたら四人でプール行こうぜ！」

「それお前が行きたいだけだろ……」

「はっはっは。咲良にはおれから声をかけよう！」

呼び方変わってるし……めちゃくちゃ機嫌がいい。喜ばしいことだと思うがどことなくイラッともする……。

ともあれ赤彫の助言を得た俺は再び碧の部屋の前に立った。

「碧、いるか？」

部屋の扉をコンコンとやると、扉が細く開いて、中からくぐもった声が聞こえた。

「プール？」

「うん。赤彫と湯田も一緒に……碧、なんかより一層どんよりしてない？」

「してないよ。……行く。いつ？」

どことなくカサついた声で返されたが、すぐに承諾してくれた。

「え、ああ、金曜がいいかなって話してたんだけど」

「うん……わかった」

そしてすぐに電話をかけて亡霊のような声で「咲良……新しい水着……」とつぶやいていた。元気がないのか案外はりきっているのかよくわからない。

赤彫のお薦めで出かけたのは、でかいウォータースライダーが目玉のプールだった。平日の午前中に行ったのでそこまで密集はしていなかったが、それでもシーズン真っ盛り。すでに多くの先客がいた。

赤彫と一緒に更衣室を出て、適当な場所を確保して碧と湯田を待っていたが、二人はなかなか出てこない。十分ほどそこで待っていたが、やはり出てこなかった。

「……遅いな」

「おれちょっと電話してみる」

赤彫が軽やかにスマホを手に取った。ちらっと見えた登録名まで『咲良♡』になっていたのでだいぶ頭が沸いている。

赤彫はスマホに向かってやたら甘い声で「何かあった？」と聞いたあとに俺を見ながら、おそらく湯田の言葉を復唱してくる。

「ああ……ええ……？　月城さんが？」

赤彫が相変わらず俺を見ながら、眉根を寄せて続ける。

「……恥ずかしがって、出てこない……？」

んん？

月城さんが、恥ずかしがって、出てこない。

なんだそれ。どんな五七五だ。いやちゃんと数えたらぜんぜん五七五でない。

通話を切った赤彫が熱射を振り撒《ま》く空を見上げる。

「確かにおかしいな……月城さん、どうしちゃったんだ」

赤彫が空を見たまま考え込む。

やがて、そこから五分もしたころ、碧が湯田に背を押されて出てきた。

目の前までヨロヨロと来た碧は上に薄手のパーカーを着込んで、前をかっちりと合わせていた。

湯田は去年と同じ水着で、一度見られているからか、碧が心配でそちらに気を取られているのか堂々としていた。去年は湯田が少し恥ずかしがっていたので逆だった。

碧はなぜか異様にモジモジしていた。

「だってなんか……は、はずかしくて」

そこまで隠されると気になる。何かあるんだろうか。

たとえば怪我《けが》をしているとか、ここ数日でものすごく太ったとか。あるいはものすごく際《きわ》どいデザインの水着だとか。

しかし、真夏日だった。

灼熱《しゃくねつ》のプールサイドでは上を羽織っている人間はもはやいない。皆逃げるかのように水に入っている。

おでこから汗を流した湯田が碧に遠慮がちに声をかける。

「あ、碧さん、水に入りませんか？　浮き輪も借りられますよ」

「ごめん……ぬ、脱ぐね……」

碧がパーカーのファスナーに指をかける。

そっと下ろしていくと、隙間から白い肌が覗《のぞ》いていく。

俺ばかりでなく、赤彫と、湯田まで固唾を呑《の》んで見守っていた。碧がそれに気づいてはっと動きを止めた。

「悠……あっち向いて」

「えっ、俺だけ⁉」

「じゃあついでに赤彫も」

「えっ⁉……わ、わかった」

背後で湯田の声が聞こえる。

「碧さん、大丈夫ですよう。すごく似合ってます」

「……ありがと咲良。……悠」

「え、そっち見ていいのか？」

「薄目ならいいよ」

「変な注文来た」

言われた通り素直に薄目で振り向いた。

赤彫まで目を細めていたので、その顔で数秒見つめ合ってから、碧を見た。

碧は去年の黒い水着とは変わって薄いピンクの可愛《かわい》らしい水着を着ていた。

碧は顔立ちがクールなので、甘いデザインのものは過剰に媚《こ》びた感じにならず、可愛さが引き立つ。とりたてて際どいデザインでもないし、胸は少し大きくなっている気もするが、腰回りは細いままだし、白い肌は傷どころかシミひとつない。恥ずかしがる理由はよくわからなかった。碧はそれでもぱっと後ろを向いてしゃがみこんでしまう。

赤彫と薄目の顔を見合わせていると湯田が「ほら、ほら、何も気にしてないです！」と碧に声をかける。

碧がすっくと立ち上がり、俺の前に来た。

胸の前で手を合わせたまま「……似合う？」と聞いてくる。正直よく見えない。

「うん」

「あ、ありがと……でもやっぱちょっと恥ずかしいな……」

なんでも似合う顔と体型をしてるのに、何を心配しているのだこの人は。

とりあえず、やっとこさ入れた真夏日の水は当然のごとくぬるかったが、それでも太陽の熱に焦がされそうな痛みは緩和された。

「おーし、あれ行こうぜあれ！」

冬に水族館に行ったときとは大違いで、絶好調の赤彫が場を明るく盛り上げてくれる。

赤彫の言うあれとは、目玉であるウオータースライダーだった。

俺も来たときからずっと気になっていた。

ウォータースライダーの前は少し並んでいた。

順番を待ちながら階段を上り、てっぺんまで来てみると、思ったよりずっと高かった。下にはウネウネと長いチューブが続いていて、下からきゃーきゃーと絶叫が聞こえている。なんだこれ、めちゃくちゃ楽しそうだ。

一緒にそれを見ていた湯田が重々しい声で言った。

「あのー、私……やはりやめておきます」

「え、そうなんか？」

「ちょっと……楽しそうですけど……ちょっと……こわいといいますか……いまいち……勇気が出ません……」

確かに、ここから見るとスタート位置からの角度も急だし、湯田の想像していたよりジェットコースターめいていたのだろう。しかし、脇から赤彫がけろっとした声で言う。

「大丈夫。おれが一緒に滑るから」

「あ、赤彫くんと？　そそそんな破廉恥な……余計嫌です！」

「せっかく来たんだし、一回だけ！　あ、順番来た。行こう」

係の人が一緒に滑るか別で滑るかを確認してくる。それに赤彫がしれっと「一緒で」と答えている。

赤彫は所定位置に湯田を設置して、ちゃっと首尾よく後ろに座った。湯田がびっくりした顔で首を伸ばしてこちらを見てくる。

「がんばれ湯田！」

「すっ、末久根さん、止めてくださいよ……！」

「行ってきまーす」

「えっ、待ってください……あ、わっ！」

二人が滑り出し、湯田が動揺で一瞬バタつく。

そこを背後から赤彫にかっちり固定されるように取り押さえられ、声を上げた。

「わっ！　きゃあっ……えっ、ぎょッ…………ぎょぇぇぇぇぇぇぇぇ――――――！」

わりとガチめの湯田の絶叫があっという間にはるか彼方《かなた》に遠ざかっていった。

……やっぱめちゃくちゃ楽しそうだな。

「一緒に滑りますか？」

係の人に聞かれて碧を見ると、俺とは目を合わせずにこくりと頷《うなず》いた。

最近の碧の感じもあって当然別だろうと思っていたのでびっくりした。碧の考えていることはよくわからない。

スタート位置に座った碧の後ろに座る。

「悠、ちゃんともっとくっついて」

「え、なんで？　いいの？」

「こわいじゃん！　ちゃんと腰に手まわして！」

「わ、わかった！」

言われるまま、急いで腰に手をまわすと驚くほど細いのにすべすべで柔らかかった。

俺の腕のすぐ上に置かれているかのように胸が当たるし、裸の肌と肌が密着して妙な気分になる。なんだこれ。ものすごいぞ。赤彫のやつ、さてはこれが目的で……。

煩悩《ぼんのう》に惑わされているうちにすぐ係の人が「行ってらっしゃーい」と言うので滑り出した。

やっぱり、思った通り速く、コースが入り組んでいた。

碧は最初に一瞬だけ「ひぇ……」と小さく声を上げたが、そのあとはずっと無言のままだった。逆に心配になる。

コースは上に下に波打つようにカーブしながら、途中チューブを出たり入ったりする。

最後に急で長い滑り台を滑り落ちる。下はプールになっていて、そこにドボンと落ちて終わり。あっという間だった。

水から顔を上げる。

碧は泳ぎが得意でない。急いで確認すると碧も無事ぷは、と出てきた。

「碧、大丈夫だったか？」

俺が近くに寄ると頬に手を当てて隠すようにして呟《つぶや》く。

「めちゃくちゃドキドキしたよ……」

「うん、わりとハラハラしたけど、でも、すげえ楽しかった」

「あんなにくっつくのってそんなにないから……」

「ウォータースライダー……滑り台よりジェットコースターに近いな」

「え？　ウォータースライダー？　あ、うん！　楽しかった！　結構スピードあったね」

「途中一ヶ所、めちゃくちゃ加速するとこあったよな」

「そ、そうだね。あそこ結構怖かった。でも悠と一緒だったから…………あれ？　赤彫と咲良は？」

言われてあたりを見まわした。

「あ、いたぞ」

プールサイドの端で、項垂《うなだ》れた赤彫が正座しているのを発見した。

その正面で真っ赤な顔の湯田が立ったまま腰に手を当てて何事かしゃべっている。

声までは聞こえないが八割方内容がわかる。

あれは、説教だ。

プール内の売店で食べ物を買った。お好み焼きとか、たこ焼きとか、ポテトとか夜店みたいなラインナップだ。買い込んだそれをパラソルのついたテーブルベンチに並べる。

「お腹《なか》を出している状態でお腹にものを詰め込むこの罪悪感が……おいしいです」

「えっ」

「赤彫くん……お腹を見るのやめてもらえますか」

話題につられてつい腹を見そうになっていた俺も慌てて視線を逸《そ》らした。なんだこのトラップは。

「碧さんは食べないんですか」

「えっ……あ、食べるよ」

碧は言われて気がついたようにポテトを口に運んだ。

「碧さんは太らないんですか？」

「太るよ。悠のほうが食べても太らない」

「え、末久根さん、本当ですか。なんでですか？　体質？」

「体質もある程度あるだろうけど、親が言うには、若いうちはそんなもんだって」

「おお～……私は体質に恵まれなかったのでしょうか……ちょっとショックを和らげるためにアイスを買ってきます」

発言者が蚫川《あぶかわ》だったなら「原因はそれだそれ」と突っ込むところであるが、その突っ込みをする勇気がなく黙っていた。それに、湯田はべつに太っていない。

食事のあとは浮き輪を借りて流れるプールと波のプールで遊んだ。

しかし、どちらも水につかって遊ぶ感じのもので、泳げる感じではなかった。

泳ぎが得意な湯田は最後に少し泳ぎたいと言って、赤彫と一緒に五〇メートルのプールに行った。俺と碧はプールサイドの日陰のベンチに座ってそれを見送った。

二人になると途端に場は静かになった。

「悠……あのさ」

「うん」

碧は口を開けたのにすぐに黙り込んで、結局「なんでもない」と言った。

そのまま黙って座っていると、赤彫と湯田が戻ってくるのが見えた。途中手を繋《つな》ごうとしてくる赤彫の手を湯田がはたき落としていた。

碧がそれをぼんやり見ながら言う。

「あの二人、カップルみたいだね……」

「いや、実際一応カップルだからな……」

「仲良さそうだね」

「そ、そうか？　もっとまともなカップルはほかにもうじゃうじゃいると思うが……」

そう言うと碧はプールサイドにいる別の大学生くらいのカップルを目で追っていた。

こちらはニコニコしながら話をして、アイスを交換して食べていた。

「……いいなぁ」

碧は小さな声で言って、またぼんやりとどこかを見ていた。

蚯川

何も変わらないと思っていたはずの日常は、ときに思わぬことで小さく変化したりする。

それでも、ひとつならまだそう変わらない。紅茶にいれた一粒の砂糖では味は変わらないのだ。

夏休み中にまたひとつ小さな変化があった。蚯川に彼女ができたのだ。

なんとか潰れずにいまだ生き残っている蚯川兄のインドカレー屋で俺はその話を聞いて

いた。もっとも、そこはすでに純粋なインドカレー屋ではなく、名前はインド居酒屋に変わっていて、昼間より夕方からのほうが賑《にぎ》わう店となっていた。

昼食時をだいぶ過ぎたこの時間、店内に客は俺と虻川しかいなかった。

「虻川の彼女ってどんな人？　どこで会ったんだ？」

「……休み中の短期バイトで会った……別高校の子なんだけど……二度と会うこともないと思って遠慮なく話していたら遊びに誘われて……よければ付き合わないかって」

「……なんでそんな浮かない顔してんだ？　変な人なのか？」

「……それはない！　変なのは……僕のほうだから！」

よくわかっている。

「彼女はその……ものすごい美人とかじゃないんだけど……なんていうか、僕にはもったいない、めちゃくちゃ真面目で、マトモそうな人で……」

「そりゃあ続くはずねえな……別れたら？」

「ひどいこと言うなよぉ！　こんな僕を気に入ってくれる人なんてこの機会逃したら……もうあと何十年後になるのか……！」

「あー……なるほど。そういう気持ちでオーケーしたのか」

「そう……そうなんだよ……われながらチョロいんだけど、向こうから好意を寄せられたことなんてなかったから……秒速で落ちちゃったんだよ……」

蛇川は言って水を飲んだ。

俺はもうずいぶん前にカレーを食べ終えていたが、やや肥満気味な彼は今日、目の前のカレーにまったく手をつけていない。

「僕は……基本数多くの女子に対してファンタジーな妄想をたくましく繰り広げていて、四六時中女の子のことばかり考えていたけど、現実の女子とはほとんど話したことなんてなくてさ……どうしたらいいか、わからないんだよ……」

「ああ……」

蛇川はやたらめったら「あの子が可愛《かわい》い」だとか「付き合いたい」だとか、軽口でものすごくよく言っていたし、隙あらば話そうとしていたが、おそらく本人はそれが現実になることなどないと思っていたのだろう。

俺が碧と仲良くなってからも碧が妄想に登場していたのも、碧のことを決して『友達の友達』とは思っておらず、画面の向こうの別世界の住人扱いだったからなのだ。

それなのに、急にリアルな女子に向こうから来られて、蛇川はかなりパニクっている。

「それに……マトモな子と接するのに変態だと、続かないだろ。でも、変態じゃない僕は……どんなやつなのかわからないんだ」

そう言って蛇川は頭を抱えた。

「変態を自分のアイデンティティにすんなよ……」

蛇川はソフトな変態だが、それは外向けに作られたキャラでもある。

自他共に認める変態キャラとしてロールプレイしていた部分もあるのだろう。まっとな彼女ができたことで変態を矯正するはめになり、怯《おび》えている。

「なぁ、末久根……変態じゃない僕は……一体どんなやつなんだ？」

ここまで意味のわからない相談は初めてされたし、今のままでもまだ十分思考が変態的だが、困っているようなので考えて答えた。

「お前は変態だけどいいやつだし……彼女相手ならありのままでいったほうがよくないか？」

「僕はありのままが変態なのを隠したいんだよ‼」

「……うーん、そんなに心配なら友達から始めてみたらどうだ？」

「え、なんで付き合ってくれるっていうのに、友達からなんて、馬鹿らしいよ」

あっさり却下された。

「いや、友達として男女のくくりではなく、人として知ってからでも……そこまで変わらなくないか？」

そう言うと虻川はまた水をグビグビと飲み、神妙な顔で首を横に振った。

「末久根、友達と彼女はぜんぜん違うよ」

虻川は、はっきりと言い放つ。

「何が違うんだ？」

「夜、眠る前……僕は彼女がいるんだ……って、思うと嬉《うれ》しくなれる……それだけで友達とはぜんぜん、まったく違うんだよ！」

「は、はぁ……」

「友達では到底そんなことにならないよね！　ね！　そうだよね⁉」

「あ、はい。ならないです……」

「彼女……キャノジョだよ！　僕に……僕のことキャ……キャレシと思ってくれてるこの世でたったひとりの女子がいるんだよ！」

この様子だと、めちゃくちゃ喜んではいるらしい。しかし、叫んだあとまた頭を抱えて
「僕は……一体どうすれば？」と悩み出す。

虻川はその日、いつものようにクラスメイトの女子やアイドルや女優の話をまったくしなかった。

虻川はもう変わり始めている。もうすでに、妄想の世界から現実に半歩踏み出して、少

し大人になったように見えてくる。というか、よく見れば少し痩せたし、眉毛を整えたりしてて、人相も少しだが違っていた。

「とりあえず……デートに誘いたいと思うんだけど、末久根はどこがいいと思う？」

「デートな……うーん……あ、プール。ウォータースライダーがすげえとこあるんだよ。この間赤彫が教えてくれたとこだから女受けするんじゃないかな」

「……駄目。無理」

「なんで。お前の好きな水着の女子もたくさんいるぞ」

「僕はああいう場所ではいつも女の子の体を脳内品評するのが楽しかったんだけど……この間近所の市民プールに弟を連れていったとき……男の体ばかり見てしまった……自分のポニョポニョした体が気になって……宇宙の塵《ちり》となって消えたくなった」

「お前よくわからない方向に迷走してんな……」

　ついこの間まで虻川は女子に対して一方的に観察者の側だった。自分を好意的に見てくれる女子がいることで自意識が膨張しているようだ。

　俺のポケットのスマホが震えて、取り出すと碧から「もうすぐ夕ご飯だよ」と帰宅を促す文面が入っていた。だいぶ話し込んでしまっていた。

「悪い。俺もう出るな」

挨拶をして出て、店の前に停《と》めていた自転車を漕《こ》ぎ出す。

ついこの間までいろんなものが動かず安定しているような気がしていた。

ずっとこのままでいられるんじゃないかと錯覚していた。

最近はいろんなものがものすごい速さで変化していくのを感じる。

何も変わらないと思っていた日常は思わぬことで小さく変化する。ひとつひとつは小さくて、さほどの変化に思えないそれは、積み重なると、大きな変化となっている。

気がついたときにはまったく違う場所にいて、元の場所には二度と戻れない。

藪雨は夢に向かって邁進《まいしん》しているし、虻川は彼女を作り、赤彫と湯田は関係を変えた。

俺と碧は、どうなっていくのだろうか。

いつまでこのままでいられるんだろうか。

あれから碧は、やっぱり少し変なままだ。

花火

その日、バイトから自宅に帰るとリビングのテーブルに花火セットが置いてあった。

「それ、どうしたの？」

近くでテレビを観《み》ていた母に聞く。

「あ、それお父さんがもらってきたの。悠、碧ちゃんと一緒にやれば？」

「うん。そうする」

碧の様子がおかしい日が続き、最近では微妙に気まずいような感じがあった。

碧は以前は家にいるときはリビングにいて本を読んだりゲームをしていたのに、最近は家に来た直後のようにまた自室に籠《こも》りがちになった。そのせいか会話自体する機会が減っていた。避けられているわけではないと思うが、続くと心的には少し距離が開く。

部屋の扉をノックして、外から声をかける。

「碧、花火しないか？」

「やる」

しかし、誘うと二つ返事が返ってきた。やはり、避けてるわけではないらしい。ただ、元気がなくて、あまり目を合わせようとしないだけだ。

去年同様、庭に出てバケツに水を用意していると、柔らかい素材でできた丈の長い部屋着のワンピース姿の碧が少し遅れて縁側に出てきた。

碧は縁側に立ち、しばらく夜の空を見ていたが、やがて俺の隣に来て座った。

「はい」

花火の袋を開けて、碧に一本差し出した。

それを受け取ろうとした碧の手と俺の手が一瞬触れた。

「あっ」

碧がびっくりしたように花火を取り落とした。

「ご、ごめん」

碧が慌てたように謝って花火を拾う。

以前は嫌がられなかった軽い接触にまで過剰反応をされて、苦い気持ちが広がった。

揃《そろ》って火をつけた花火はしゅわしゅわと弾《はじ》け出す。色鮮やかで、去年と同じだった。

去年と少しだけ違う碧はそれをぼんやり見ている。

最近の碧の様子のおかしさというのは、主に視線の動きに現れている。

たとえば俺の首のあたりや、腕、手、一点をぼんやり注視していることが多い。そして
たまに顔を見ていたかと思えば目が合うとぱっと逃げたりする。

隣り合ってしゃがみこみ、しゅわしゅわと弾ける二本の花火から目を逸《そ》らし、俺のほう
をじっと見た碧がぽつりと言った。

「悠……たくましくなったね」

「えっ……」

それはたぶん一般的な感覚ではない。なにしろ初めて言われたから。

「こう……腕とか」

「うで？」

俺の腕は虻川ほどポニョポニョもしていないし、及川《おいかわ》ほど細くもない。赤彫ほど格好いい筋肉のつきかたもしてない。とりたてて特徴はない。

確かに、言われれば少し太くなったかもしれないし、子どものころにくらべたら硬いかもしれない。

しかし、いうなればそれは一般的な高校二年生の腕で、この歳《とし》の男は個体差はあれど、俺に限らず体は完成形に近づき性差が濃くなっていっている。

俺は自分の腕をしげしげと見たあと、黙って碧の腕に視線を移した。

絶対に口に出してはいけないとわかってはいたが、身体的変化でいえば、碧のほうがめざましかった。

碧はもともと成長が早い印象で、再会したときにはもう完成品だと思い込んでいたが、まったくそんなことはなかった。身長こそもう伸びていないようだったが、人の成長はそこだけではない。

今となると、どこかあどけなさの残っていた顔立ちはいよいよ艶《なま》めかしい色気を纏《まと》いながら大人びてきていたし、身体《からだ》のラインも丸みがより強く感じられる。胸の丸みや腰のくびれが、最近は以前にも増してくっきりしている。

透けるように白くて細い首筋からは色気としかいいようのない何かが出ている。

成長したことで、今までのその腕は細い、子どものものだったことがわかるような気がする。

ふと見ると、碧が手に持った花火を見ずにじっと俺の顔を見ていた。

それに気がつき、つられるようにその目を覗《のぞ》き込む。吸い込まれるような感覚だった。

久しぶりに、まっすぐ視線がかち合った。

大きな瞳とそれを縁取る長い睫毛《まつげ》。整った鼻梁《びりょう》と柔らかそうな唇。

暗闇の至近距離だとどこか現実味のない絵画みたいな顔。

ゆっくりと顔が近づくような錯覚。

前にもこんなことがあった気がする。

あのときは確か、父が途中で窓を開けて——ぼんやりしていると、花火が両方時間差で、ぽとりと落ちた。

薄闇が暗闇に変わった瞬間、碧がふわっと顔を近づけて、影がかぶさる。

ちり、とほんの一瞬だけ擦《こす》るように唇が唇を掠《かす》めた。

「え……」

ぽかんとして、碧を見た。

碧は顔を離してからびっくりした顔をして、二本の指で自分の唇をそっと押さえている。

「ご……ごめん！」

碧はすばやく立ち上がって、ものすごい速さで部屋に戻ってしまった。

今のは……なんだったんだ。びっくりし過ぎた心臓が超速で波打っている。

マジで、最近のあいつは不可解すぎる……。

モヤモヤした感情が渦巻いて、さすがにもう花火をやる気にはなれなかった。俺は残りを纏めてバケツに突っ込んで、火を消して部屋に戻った。

鼻の奥についてしまったのかまだ煙の匂いがしていた。髪や服に染《し》みついているのかもしれない。

ぼんやりしたあとまた唐突にさっきのことを思い出してびっくりする。

寝付きはものすごく悪かった。

翌朝起きて部屋を出ると、すぐそこに人が立っていた。

「おはよ……悠」

「おわぁ！」

碧が直立不動で真面目な顔をしている。

「そんなドアの目の前にいたら……び、びっくりするだろ」

「あ、ごめん……」

「どうかしたのか？」

「あの、昨日の……さ、ことだけど……」

「えっ、あ、あぁ、キノーノ……」

そこ、触れるのか。しかも直球できた。

「ごめんね……」

「いや、謝ることはないけど……」

「嫌じゃ、なかった？」

「嫌なわけはない」

「そ、そしたら……！」

うつむいていた碧が勢いよくバッと顔を上げた。

両手を体の真ん中でぱしんと打ち合わせて、力強く言う。

「……わ、忘れてほしい……！」

「…………うん」

実際忘れることは不可能だと思うが、そんな悲愴《ひそう》な顔で言われたらそういうことにして対応するよりない。

「忘れた？」

「ああ、うん……忘れた……」

碧は俺の顔を見て頷《うなず》くと、ものすごい速さで自分の部屋に戻っていった。

なんにせよ、いい加減、この状態に軽い疲れを感じる。

早くなんとかしたい。

決断の章

両親の帰省

八月半ばの夜。小腹がすいたので夕食のあとにキッチンでインスタントラーメンを食べていたところ、母が声をかけてくる。

「悠《ゆう》、前言ってた法事だけど、日程ずれたから」

「え、いつになった？」

「ここ。碧《あおい》ちゃんがご両親に会いに行くのと被《かぶ》せようと思ってたのに、ずれちゃったのよね……」

母がスマホのカレンダーアプリを見せてくる。

「え、そこ俺バイト入れてるし。無理だから家に残る。べつに法事楽しくないし」

夏休み後半の週末、両親と二日ほど父の実家に帰省することになっていた。もともとは碧が両親に会いにいく日と重なっていたのがその二日前にズレた。

法事はほかの親戚の都合もあって、そこで確定されてしまったらしい。

「まぁ、碧ちゃんだけひとりで残して出るのもなんだかのけ者みたいで忍びないのよね
……でも、やっぱり悠も行ったほうがいいと思うのよねえ」

「いや俺、その日バイト行かないと目標金額にいかないんだよ。残る」

ということで俺も残ることにした。

去年の六月にもこんなことはあったし、そのとき、碧はあまり他人の家でひとりで過ごしたくはなさそうだった。

しかし、廊下で会った碧にそのことを伝えるとぽかんとされた。

「残るの……？　悠も？」

えらくびっくりした顔をされて、逆にびっくりした。てっきり喜んでくれるものと思っていた。

「え、なんだ……行ったほうがよかったのか」

「そんなことない！　いてくれたら嬉《うれ》しい」

慌てて大声で否定した碧だったが、すぐに部屋にひっこんでしまった。

最近ほんと言動の不一致がすごい。残るのに一抹の不安を覚える。

しかし、碧のこのおかしさを払拭《ふっしょく》する機会かもしれない。いつも通り過ごしていたらそのうち戻るのかと思いきやなかなか戻らなかった。

両親が法事へ出発する日の早朝、母親に叩《たた》き起こされて、冷凍食品の在庫やゴミの出し方について早口で説明された。碧も起きていて、隣で説明を一緒に聞いていた。

まだ頭が完全に覚醒していないので、早口で言われたことが右から左に抜けていく。

「じゃあ、出るけど気をつけてね。碧ちゃん、なにかあったら遠慮なく悠を頼ってね。私の電話も知ってるよね？　最近は悠も前ほど女の子苦手じゃなくなってるから、悠がおかしかったらすぐ電話してね……それから悠が……」

碧が来たころ、俺と二人で残すことに何の抵抗も感じていないようだった母は、最近仲良くなっている様子を見て少し態度を変え出している。そういう態度をされるとそれはそれで気まずいので心底やめてほしい。

「碧ちゃん、もし悠が……」

「早く出ていってくれ‼」

騒がしい親が扉を出て、玄関の外で車の音がして遠ざかる。

家は急に静かになった。

「今日、何食べる？」

「うん……どうしようか」

かつて似たようなことはあったのに、去年の六月とはやはり少し雰囲気が違った。あのときの碧は屈託なく、俺と過ごすことを喜んでくれていた。それ自体もそのときはあまり感じていなかったが、今となると強くそれを感じる。

実際に、碧の言動のおかしさはこの朝、極致を迎えていた。

朝食にパンを焼いて食べていると、碧がぽつりと言う。

「あのさ、終業式の日、あたしが用事あるって待たせてたの覚えてる？」

「うん」

「あれ、女子に呼び出されてたの」

「え、そんなのよく行ったな……」

「うん、まぁちょっと気になって。それで、誰かは言えないけど、その子、悠のこと好きなんだって」

「……ええ。それ嘘《うそ》じゃないか。嘘だろ」

「なんでそんな嘘あたしにつくの」

「なんか、碧と仲良くなるための方便とか」

「そういうんじゃ、ないと思う。それで、あたしと悠が本当に付き合ってるのか聞きたかったんだって」

そういったことがあったことはわかった。しかし、わからない。

「……なんでそんなことを今？」

碧はトーストを唇に当て、結局食べずにお皿に戻した。

「……べつに、ただ、悠はどう思うかなと思って……」

どことなくじっとりとした顔と口調で言われて困惑した。何これ。何だこれ。俺は何か悪いことをしたのか。

「悠は、どう思う？」

「どうも思わない。碧だってよく告られてるけど、それについて俺に聞かれても意味わからんだろ」

「……それは……そうだけど」

「俺たちは親友だろ……なんでそんな」

「そうだね……」

碧は神妙な顔をしていたけど、はっと気づいたかのように立ち上がる。

「あたし紅茶淹《い》れるけど、悠、なんか飲む？」

「え、じゃあ俺も」

「あ、紅茶もうないや」

「上に新しいの置いてあったと思う。俺取るよ」

碧は女子の平均よりは高身長だが、紅茶は一番高い棚にある。

「踏み台使えば楽に取れるから大丈夫」

碧がそう言っていつも置いてあり、たまに母が使っている踏み台代わりの背の低い椅子に乗ろうとした。

「いや、その椅子この間壊れかけて……」

「きゃあっ」

ガコンと椅子の脚が一本外側にへしゃげて、碧が倒れてきた。すんでのところで受け止めて後頭部が床に直撃するのをふせいだ俺は褒められてもよかったと思う。

碧は俺を座椅子のようにした体勢でしばらく胸に手を当ててぼうぜんとしていたが、急にびっくりした顔をして叫んだ。

「は、離れて！」

「は、はい！」

碧は変質者に触れられたかのようにしばらく自分の身を抱いてうつむいていた。正直ちょっと傷つく。

「……ごめん。ありがと」

なんだろう、この感じ。

少し前からずっと違和感として感じていた。二人で部屋にいて妙に間隔を開けられているような感じ。

やがて、これは男として警戒されているのだと、そんなところに思い至る。

警戒とは違うかもしれない。それにしてはだいぶ防御力は弱い。

嫌がられてる感じではないし、向こうから触れてきたりする。そのくせ次の瞬間は赤くなって、距離を取ろうとする。何かよくわからない緊張を異性としてされているというのが、一番近い実感だった。

今まで親が遅い日や出かけているときにさんざん同じ部屋で二人で過ごしていたので大丈夫という思い込みがあり、気がつくのに時間がかかった。

なぜ突然そうなったのかはわからないが、それが一番しっくり来る。

胸元のゆるく開いたティーシャツにショートパンツが多い碧の部屋着が、今日は上は喉元まできっちり隠れているし、下も膝丈まであるのがそれをよく表している気がした。

碧は少し前とは別人のように感じられた。

親友としての信頼はもうどこにもない。

なんとか元に戻れないかと思っていたけれど、もしかしたら碧はすでに以前とは違うところにいて、もう二度と元の場所には戻れなくなっているのかもしれない。

その変化は急激でありながらひとつひとつは小さくて、気づいたときにはもう遅かった。そんな気がした。

かといって、一日二人きりなのにそれぞれ別の部屋で過ごすのは避けているかのようで不自然だ。それくらいにはもう、俺と碧は仲が良くなっていた。

碧もあまり話しかけてこないわりに、さすがに今日は部屋に籠《こも》ろうとはしない。

することに微妙に困った俺はダイニングテーブルに宿題の問題集を広げた。

問題集を少し進めたあとふと顔を上げると、斜め前の席で碧も同じように問題集を埋めていた。

昼飯はそれぞれ冷凍食品を食べて、また問題集をやった。途中集中力が切れてシャワーを浴びた。戻ったとき問題集をやる気持ちは完全に失《う》せていたが、話はしにくいしほかにすることもない。また椅子に座った。

「悠……」

「え」

「残ってくれて……ありがとう」

「……うん」

夕方にコンビニで買った夕飯を二人で食べた。

食べたあとにまた宿題をする気にはとうていなれなかった。立ち上がって大きく伸びをする。

「碧、なんか……映画でも観《み》る？」

「あ……あたし今日は疲れちゃったからもう寝ようかな」

「そうか。おやすみ」

「うん、おやすみ」

寝るにはいささか早すぎるが、一応一日一緒に過ごしたといえる時間ではあった。

部屋に戻り、大きな息を吐いた。碧の身に纏《まと》う空気がどことなくピリピリしていて疲れた。けれど、まったく眠くない。

何か映画でも観ようかと思ったけれど、いまいち気が乗らず、ベッドに寝転んで壁を見つめる。何度か寝がえりを打った。

結局そのあともずっと眠れず、明け方近くにキッチンを漁《あさ》っていると碧が起きてきた。

「おはよう。よく寝れたか？」

「…………なんかぜんぜん寝れなかった」

「え、それは……」

「あ、本読んでて……夜更《よふ》かししちゃったの」

「また新しい本？　この間言ってたやつ？」

「え……あ、そう。この間の……って、なんだっけ？」

なんとなく、本は読んでいない気がした。

「俺今日、バイトだから出るな。碧は睡眠足りてないなら少し寝たら？」

「言ってたもんね。うん、そうするね……」

この妙な状態であと一日過ごすのもなかなか憂鬱だったので、少しホッとしてしまった。

なんとか元の状態に戻りたいが、原因も不明だし会話もしにくい。知ってると思ってい
た相手が急に別人になってしまったかのようで混乱していた。

バイト先に着き、余計なことを考えずにもくもくと働いていると、時間はすぐに過ぎて
気楽だった。

「末久根《すくね》君、お疲れー。俺も陣内《じんない》も今日もう上がりだし、ついでに一緒に飯でも食って
く？」

バイト中にちょっと仲良くなった大学生の人に誘われた。

普通に頷《うなず》こうとして、思い直す。家が、碧が気になる。

「あ、いや……今日は、用事があるんでまた今度！」

結局、急ぐような気持ちで家に帰った。

リビングに入ったが薄暗く、むわっとした暑さに満ちていた。

エアコンがついていない。

とりあえず電気を点《つ》けると、テーブルの上にメモが置いてあるのが目に入る。

碧の書き置きのようだった。手に取ると簡素な文字が並んでいた。

『今日はよそに泊まるね』

俺の頭にどでかいクエスチョンマークが浮かんだ。

友達もそういないのに、一体どこに……？

書き置きの文字を眺めていたら、スマホが震える。湯田《ゆた》からだった。

湯田の連絡先は以前から一応知っていたが、実際個別の連絡の必要がほとんどなかったので、それが使われたのは初めてだった。

そこには『碧さんはうちにいます。ご心配なく』とだけ書かれていた。

俺は冷凍の飯をレンジに入れ、レトルトカレーを温めて食事をした。

どこか釈然としない。

友情というのは、こんなわけのわからないことで壊れてしまうものなのだろうか。俺にはきっかけさえわからない。

碧に電話をしようかと思ったがやめた。スマホで伝えればいいことをわざわざ書き置きにしたのだから今は話したくないのだろう。しかし、帰ってきたら顔を見てきちんと話して聞いてみたい。でないと何もわからない。

一人残された家で、最初家に来たころの碧を思い出す。

再会したときはお互い小学四年生のころとはやっぱり変わっていたので、最初から同じようにとはいかなかったが、碧が屈託なく距離を詰めてくれた。

ふと、動物園に行けなかった日に、碧が泣きながらぼやいていた言葉が蘇《よみがえ》る。

「だってあたし……せっかく、苦労して友達になれたんだよ……すごく……悠が……嫌がったから……」

振り返ると今の関係性は碧の歩み寄りによるところがすごく大きかった。

碧と親友になれたのも、俺が女性不信をやわらげられたのも、きっと碧のおかげだ。

今、彼女が何か悩んでいたりするならば、今度は俺に何かできることはないだろうか。

ぽんと距離を開けられて、じゃあいいやとは思えない。何か彼女の力になりたい想《おも》いはずっと抱えていたが、空振りしている感覚が強かった。

俺は何をすべきなんだろうか。

俺の焦《あせ》りと困惑はいよいよ限界まで来た。

れていない。
逃避するため連続して映画を三本観た。脳の一部はずっとさえざえとしていて、結局寝れていない。

朝になって玄関から小さなかたん、という音が聞こえて映画を止めた。

碧が帰ってきたのだ。もうすぐ両親が帰宅するし、午後には碧は両親に会うため家を出る。話をするなら今しかなかった。

碧は帰宅してからお茶を一杯飲んで部屋に行くことが多い。自室にいると碧が帰ったときに気づきにくい。だから俺はずっとリビングにいた。

「おかえり」

「……あ、ただいま」

扉を開けた碧は俺がここにいると思わなかったらしく、一瞬肩をびくりと揺らした。

「なぁ、碧、やっぱり最近変じゃないか？」

「……変じゃないよ」

碧は言いながらも視線を忙しく彷徨《さまよ》わせている。

「いや、どう見ても変だろ……」

「変じゃない……」

「なんか気に食わないことでもあったとか……言ってくれよ」

「なんでもない」

「じゃあなんで……俺は意味がわからない。せっかく親友になれて、理解できるようになった気がしていたのに。これじゃ……」

　何度も思っては否定していた。

　でもやっぱり最近の碧は、俺の中に概念としてある、俺の恐れる、わけのわからない『女』という生き物のようだった。

　碧はしばらく叱られたあとの子どもみたいな顔でしゅんとしていたが、やがて覚悟を決めたように顔を上げた。

「わかった……じゃあ言う」

「うん」

「あのね……ずっと考えてたんだけど……あたしは……悠と……」

「うん」

　碧はそこまで口にしたのに、また固まった。続きを促すように黙って見つめたが、赤くなってうつむいた。髪の毛がぱさりと落ちたのを耳にかけ直す。その耳は真っ赤だった。

　立ち上がって碧の前まで行こうとした。

そうすると、碧は半歩後ずさるのでそれ以上は近寄れなくて途中で足を止めた。

やがて、蚊の鳴くような小さな声が聞こえた。

「つ……きあいたい」

「え……」

「ゆ、悠と、付き合いたい」

碧は一語吐き出すだけで苦しそうで、その様子は見ているだけでこちらも息が詰まるようだった。碧は荒い呼吸の中、ゆっくりと続ける。

「か、彼女に……なりたい」

碧の目からぽろりと涙が一粒落ちた。彼女はそれを自分の腕で乱暴に拭った。

「やっぱり……好きだから」

碧はそのまま自分の部屋に入ってしまった。

びっくりして呆然《ぼうぜん》とする。突然のことでまだうまく脳が働かない。

ソファに戻って碧の言葉をゆっくり咀嚼《そしゃく》する。

俺は一時停止していた映画の静止画面を見るともなしに見た。

最低なことに画面は映画のお色気要員と思われる女性の胸の谷間のアップで止まっていた。瞬間的に立ち上がり、何かを弁解しにいきたくなったが、それどころではないという

ことに気づき再び静かに着席した。

いろいろと考えるべきことはあるはずなのに、睡眠不足で頭がまったく働かない。

それはついに限界を迎え、目を閉じてなんとか思考しようとしているうちに、そのまま眠ってしまっていた。

＊　　＊

車通りの少ない道で、さっき降りたバスが遠くに走り去っていく。

アオちゃんはそのバスをずっと見つめていた。

「悠くん……こんな遠くまで来て、大丈夫かな」

「俺は前にも来てる。帰りはこの向かいのバス停に来たバスに乗ればまた乗ったとこに帰れるんだよ」

「悠くん……すごい。大人みたいだね」

アオちゃんはビビリで保守的なので、小学校四年生にして親と離れて遠出したことがないという。だから俺が連れ出せる限界の距離まで一緒に来たのだ。

「知らない街だね……」

「アオちゃんそればっかだな。あっちになんと駄菓子屋があるんだ。俺が案内しよう」

「悠くん！　待って」

「えっ」

「待って。ここではぐれたらあたし……死んじゃう」

アオちゃんが必死の形相でぎゅうっと手を握ってくる。

「アオちゃんが知らない街に行きたいっていうから来たんだよ……」

「うう……確かに言ったよ。席替えが嫌過ぎて、誰も知らない街に行きたいって、先週言ったけど……」

「あと昨日も、あまり話したことないクラスメイトと話して緊張して変なこと言った気がするから風のように消えたいって、嘆いてたろ」

「そ、そうだけど～……」

思ったよりものすごくビビっていたアオちゃんだったけれど、駄菓子屋を見たら口を開けて喜んだ。スーパーの駄菓子コーナーではない、本物の駄菓子屋は家の近所にはないので珍しかった。

アオちゃんは少ない持ち合わせでお菓子を選んで買ったあとにはすっかりワクワクした顔で楽しそうにしていた。

自分の住む街と根本的な作りはそこまで変わらない。

それでも、よく知らない街は新鮮な発見にあふれていた。

たとえば高校生の今だとどうとも思わず通り過ぎる、人の家の前にある犬の置物。潰れてしまったのか、今は開いていないけれど、少し前は確実に何かの店であったであろう建物。変な場所にある雑貨屋。変な遊具のある公園。そういった、地元にあったなら気にもしないであろうひとつひとつが、面白く見えて気になってしまう。

両親と旅行に行ったときに、やっぱり親が同じようになにげない石碑を見ていちいちコメントしてたりしたので、旅行と似ているのかもしれない。

季節は秋だった。枯葉や松ぼっくりやどんぐりがそこら辺中に落ちていたから、そう記憶している。

「悠くん、これ記念品。一個ずつ持って帰ろう」

アオちゃんがどんぐりをひとつ渡してくる。

遠くの街のどんぐりは立派に記念品になる。それは大人が旅先で無駄にキーホルダーだとかボールペンをお土産に買うのと一緒だ。

探索を終えるころにはアオちゃんはすっかりご機嫌だった。

「そろそろ帰る?」

「うん、楽しかった」

「最初すごいビビってたけど……」

「悠くんがいたから大丈夫だったよ」

歩きまわったので元いたバス停からはかなり離れていた。

そろそろ戻ろうと信号のある大きな道路を渡ったとき、同じくらいの年ごろの小学生四、五人が同時にわらわらと渡っていた。

渡り終えると赤になっていて、振り向くとアオちゃんがいなかった。

大きなタンクローリーが何台か目の前を通過した。それが全部通り過ぎたけれど、通りの向こうにもいない。一瞬で嫌な汗が湧いた。

信号が変わるのを待って、元来た道へ戻った。キョロキョロしながら捜しまわる。

「アオちゃん！　アオちゃーん！」

必死に捜しまわり、幸運にもなんとか見つけることができた。

アオちゃんは近くの河川敷《かせんじき》の傾斜の芝生の上でガチ泣きしていた。

「ゆッ……ゆうぐうぅん‼」

「見つかってよかった……焦った……」

「ぼうっとしてたらいなくなったから、あ、あだし、もう帰れないかと……ぴえぇ」

「ごめん。やっぱちゃんと手繋《つな》いだほうがいいな」

アオちゃんが袖で涙をゴシゴシ擦《こす》って立ち上がった。それから伸ばした手をぎゅっと繋ぐ。繋いだ手は涙がついていて少し湿っていた。

「悠くんは帰りの道わかるんだよね……」

「たぶん……」

「たぶん？　えっ、迷ったかもしれない？」

「なんとなく方向はわかってるから……大丈夫だと思うんだけど……さっきの道からも離れちゃったから……」

「え、えぇ～！」

「だ、大丈夫。たぶん大丈夫」

知らない街を手を繋いでウロウロした。

それでも、時間がたっぷりあれば焦らなかったかもしれない。

陽《ひ》は刻一刻と落ちて、あたりがどんどん暗くなっていく。子ども二人の影が長く伸びて地面をさまよっていた。

「あれ、ここだと思ったんだけど……もしかしてぜんぜん違うほうに来てたのかな……」

バス停のある道に出ると思って曲がった角には知らない道が広がっていた。

最初はそれでもまぁ大丈夫だろうと思っていた心に不安がよぎる。

アオちゃんは少し不安そうな顔をしたけれど、繋いだ手をきゅっと強く握って、今度は泣かなかった。

「悠くん。大丈夫だよ」

特に根拠のなさそうな励ましまでくれる。それでも同行人が泣いているよりはずっと心強い。俺もその声に励まされて、気を持ち直す。

そのとき道の先の大通りをバスが通った。

「アオちゃん！　あれ、バスだよ！」

「えっ、本当だ！」

二人でバスの通った道を目指して走った。通りに出たときバスは過ぎ去っていった。

低速で一本隣の道に曲がっていくお尻だけが見えた。

そのあとを追って曲がると奥に、来たときに降りたのとは違うバス停が見えた。

バスはもう行ってしまっていたが、二人でバス停の順路を確認した。

「悠くん。このひとつ前が来た停留所だよ！」

「……よ、よかった」

なんだかんだ大丈夫だろうという楽観的な気持ちでいたのが、日が落ちてきて洒落《しゃれ》にならないことになったらどうしようと結構焦《あせ》っていた。

アオちゃんはわりと絶望しやすいが、結構復帰は早い。バスに乗れたときにはもうケロリとしていた。

「帰り、迷っちゃってごめん」

「ううん……悠くんいたし。それに……」

「うん？」

「遠くに行くと、住んでる街に帰ったときほっとする。嫌な席替えがあったとしても、やっぱり住み慣れた場所が一番かも」

それを聞いて、やっぱり旅行と似てると思った。

バスを降りたアオちゃんはにこにこしながら言う。

「楽しかったー。ありがとう」

すっかり元気になったアオちゃんは社宅への道をぽんと跳ぶように歩いている。

振り向いて、また笑顔で言った。

「悠くん、また一緒に迷子しようね」

不在

深い眠りから目が覚めたとき、碧はすでに両親のところに行ったあとで、姿がなかった。

父は一度碧を車で駅まで送り戻ってきたようで、リビングでコーヒーを飲んでいた。

俺は食パンを焼いて食べた。

母が洗濯物が多いとブツブツ言いながら洗濯を始めている。

蟬《せみ》も鳴きだして、それに日常の雑多な音が混ざり、夏休みの一日が始まる。

去年のこの時期と同じように、碧が来る前と同じ生活が突然眼前に広がっていた。

去年はストレスの緩和となった時期だった。今年も碧がおかしかったので、最初は正直少しほっとしていた。

しかし、やはり去年と同じように、すぐに物足りなさを感じるようになった。

友達と遊び、バイトにも行き、映画を観《み》たりする。

ただ、友達と遊んでいるときに、美味《おい》しいものの話を聞くと、楽しい場所の話を聞くと、碧の顔が浮かんだりする。もっというと連れていかねばという使命感に似た感情まで湧く。

碧のいない夏休みは、去年以上に欠落を強く感じるものだった。

碧の存在はもはや完全に生活に根付いていた。

癖になってしまっている思考で風呂《ふろ》のタイミングを無駄に気にしたり、冷蔵庫にあるプリンの在庫を見て碧の分を考えたりする。面白い映画を観たあとに、無駄に碧の部屋に行って感想を語ったりしていたので、感動が微妙に不完全燃焼となる。

リビングで無意識に姿を捜して、いないことを思い出す。

それからそのあと最後のやりとりを思い出してなんともいえない気持ちになった。

自分の家にいると碧の不在が気になってしまうので、俺は二日ほど赤彫《あかほり》の家に入り浸っていた。

「赤彫、この漫画の次の巻は？」

「ねえよ。それが最新刊」

「こんなとこで終わってるのかよ……」

「来月には新刊が出て確実に続きが読める。人生に比べたらまだマシだ」

「なんだよその含蓄あるようなないような言葉は。新刊だって出ないことあるぞ」

赤彫は俺が部屋にいても特に気にせず過ごしていた。

突然コンビニに行って戻ってきていたりする。今はしばらくいなかったと思ったら風呂に入ってたらしく首にタオルを巻いて戻ってきた。

「あちぃあちぃ。部屋のエアコン効き悪くないか。汗だくだよ。末久根もシャワー浴びてこいよ」

「かったるいな」

「いや、男二人で部屋にこもってると汗臭《くせ》えんだよ……浴びてこい」

「あぁ……」

碧と二人で部屋にいても臭くなかったな……なんでだろう。浴室でシャワーを浴びてまた部屋に戻った。

赤彫の自宅マンションはそこそこ広い。父親は単身赴任で、母親は出張。ひとりいる姉も別の場所でひとり暮らしをしているので、ここ数日家族は誰もいなかった。

「赤彫、このゲーム飽きた。なんでこれ一個しかないんだよ。新しいのダウンロードしようぜ」

「お前……人の金だと思って……」

「いや、俺来たときやるし、半分くらいなら出してもいいから」

「マジで？　どれにするかなー」

赤彫はコントローラーを手にダウンロードコンテンツを並べてスライドさせる。

それから、ずっと触れずにいた話題について唐突に振ってきた。

「なぁ……お前まさかずっと、月城《つきしろ》さんに好かれてると思ってなかったのか？」

「いや、思ってたよ」

即答した俺に赤彫が大袈裟《おおげさ》に息を吐いた。

「よかった。よかった……さすがにそこまで阿呆《あほう》じゃなかったか……」

碧は俺が飯を作ると珍しいといってまじまじ見ているし、その場で書いた年賀状を渡せば部屋に飾りにいく。どこかに誘うとものすごく喜ぶ。一緒に動物園に行けないと泣いて怒る。俺のネクタイを直したがるし、写真立てに一緒の写真を飾る。これで嫌われていると思うほうがどうかしているし、好かれてる以外の解答はない。

「でも恋愛とは違うと思ってたな……」

「やっぱ阿呆じゃねえか。末久根、お前たとえばほかの女子に月城さんと同じ態度されたら恋愛で好かれてると思わないか？　おれなら思う」

「思うかもな……」

以前なら絶対思わなかったけれど、もう今は素直にそう思えるような気がする。

そう思えるようになったのも、きっと碧のおかげだ。

「お前は普通に、女子にされたら好かれてると思うことをされていたわけだな」

「ああ」

「ではここで質問だ。月城さんは、女子じゃないのか？」

「碧は親友だ」

「いや、おれは女子かどうかを聞いているんであってな……」

「性別は間違いなく女子だが、碧は親友だ」

「じゃあ結局月城さんがお前を好きなのにはまるで気づいてなかったのか？」

「ないよ。気づくとかじゃなく、実際碧だって、ちょっと前までは……」

そうだ。少し前までは人としての好意はあれど、確実に親友関係だった。碧のほうもその線を引いていて、そこのラインを越えるのは忌避していたように見えた。

赤彫と湯田の間に以前あった友人関係と、俺と碧のそれとは違う。

赤彫はずっと湯田に恋愛の好意を寄せていたし、それでいて恋人ではなかったので便宜的にその間の関係性が友人となっていただけだ。

俺と碧の間の友情は、何かを目指す途中経過のそれではなく、それ自体を完成形として存在していた。

性別が異性である以上その友人関係は信頼で成り立っている。

友情を恋愛の好意に履き違えて受け取るというのはその関係性ではある種のタブーだ。

勘違いするなと怒られることはあっても、線を踏み越えて気づくべき、察するべきなどと言われる筋合いのものではないはずだ。俺はその考えを熱弁した。

しかし、赤彫は気の抜けた息を吐き「おれに言われてもな……なんか知らないけど、気が変わったんだろ……」とだけ言い放った。

確かによく考えたら赤彫にそんなことを熱弁しても無意味だった。

ベッドに寝転がってフテ寝の体勢に入る。

「ただいまぁー」

玄関から声が聞こえてガバッと身を起こす。

「うわ、俺、帰るわ！」

「え、急になんだよ」

「俺、お前のねーちゃん苦手なんだよ！」

慌てて荷物をまとめていると、背後からどぎつめのフローラルな匂いと共に何かが首に巻きついてきた。

「ぎゃっ」

「あーら悠、来てたのー？」

巻きついてきた物体は俺の耳元に息がかかるようにしゃべりかけ、わざと胸を押しつけるのも忘れない。

「叫ぶことないのにねぇ。うふふっ」

「離れてください！」

「えー、い、や。もう！　久しぶりに会ったのに冷たいんだから」

一度会っただけで下の名前を呼びつけにしてくるこの女性は赤彫の姉、赤彫国子《くにこ》だ。

お堅い名前に似合わずギャル系で露出度が高い。

この人とは五月の連休にここに遊びにきたときに初めて遭遇した。最初に見たときはてっきり社会人かと思ったが、実際は大学一年生だった。

この、派手な美人は性格にだいぶ難があった。

最初に会ったときに俺が女性を苦手だと聞いてから面白がって、顔を見ると必ず痴女のようなことをしてからかってくるのだ。彼女は大学の近くで一人暮らしをしているらしく、ここ二日はいなかったので安心してくつろいでいたが、こうなると話は別だ。

「もう帰ります」

「えー、せっかく会えたのにー、悠、帰っちゃうの？」

「帰ります。すぐさま、すばやく、すみやかに帰ります」

「あたしー、悠みたいな子、わりとタイプなんだよね」

「姉貴、あんまりからかうなよ」

「えー、マジだってば。悠は？　ね、どんな子がタイプなの？　あたしはどお？」

「はは……」

いくら美人でも顔が赤彫とほとんど同じ造作なので、女性という感じがしないのが正直なところだ。上背もあるので赤彫が女装……まではいかないが、若干そんな錯覚はある。

この人を見てると薄れていた女性不信の感覚がムクムクと湧いてくる。

この人とは友達にはなれないし、恋愛なんてもってのほかだ。遊ばれる予感しかない。

慌ただしく家を出ると、赤彫が追ってきた。

「末久根、悪かったな」

「いや、こっちこそ長居させてもらって、ありがとう」

「言ってなかったけど……姉貴は大学入ってから……小悪魔気取りなんだ……」

「小悪魔……きどり？」

「あの人は高校までは志望校合格のためにずっと勉強に明け暮れててさ、あれは大学デビューで弾《はじ》けたばかりの……見習い小悪魔だから……今はあとで恥ずかしくなるタイプの黒歴史生産中なんだよ」

「なるほど……」

言われてみると確かに赤彫姉の小悪魔しゃべりは行き過ぎていて、やや演技がかっている。見習いだからまだ痴女と小悪魔の境目のバランスが上手《うま》くとれていないのかもしれない。そしてなんとなく去年遊びにいったときは会わなかった理由もわかった。

しかし話を聞いてみると遊び慣れてる風を装《よそお》ってるだけで、実際はそうでもないようだ。なまじ見た目が派手な美女だから見習いだなんて思わなかった。

「姉貴……あんなしてるけど、たぶん彼氏いたこともないぞ」

なんて痛いんだ。急に親近感を覚えてきた。俺の中に蘇《よみがえ》りかけていた女性不信が和らいだ。やはり世の中はそこまで悪意に満ちてないのかもしれない。


赤彫の家から逃げてきた俺は二日ぶりに自宅に帰った。

当然のごとく碧はまだ帰っていない。今回は正月に会いにいかなかった分、少しだが期間も長い。

ぼんやりしてリビングに入り、また、どこにいるかを無意識に確認しようとして我に返る。どぎつい女性に絡《から》まれたあとだからか、無性に顔が見たくなった。

自室で映画を観《み》ようとしたが、いまいち集中できなそうなので、前に一度観た映画を再生した。観るというより、流す感じだ。

再生した映画は有名監督の初期作品であり、青春映画だ。

内容は六〇年代のアメリカの田舎の高校生の卒業前夜を描いた群像劇で、基本は高校生たちが夜の街を車であてどもなくグルグル走っているだけの内容だった。

最初に観たとき、なんて退屈な映画だと思った。

それもそのはずで、俺は登場人物たちとは生きてる時代も国も違う。日本の高校生は車を乗りまわさないし、ダンスパーティーにも行かない。

俺は日本の高校を舞台にした映画だけは観ないと決めているが、日常を描写する映画はほかのエンタメ作品と違い、やはり少しくらい共感できる要素がないと何を目的で描写しているのかがわからない。俺がその映画を観ても同時代を生きたアメリカ人が感じる懐《なつ》かしさは得られないし、時代を超えて通じる国の文化のようなものにもう少し詳しくないと楽しさがいまいち解読できない。

ただ、半ば我慢するように観終えてから数日、数ヶ月経《た》ったあとも、たびたびいくつかのシーンを思い出した。

どぎつい変化のあるシーンはほとんどないので、なんとなく夜の街をダラダラ走っている鬱屈した空気感のようなものだけが俺の中に残っていた。

それで、そういう観ている瞬間にはある種退屈なシーンが、あとから思えば胸に強く残るというそれそのものが、青春なのかもしれないと思った。

これは、俺の知らない、どこかにあった青春なのだ。

不思議とそんなふうに思えた。

フィクションの楽しみ方なんて千差万別で正解なんてないが、それが日本の高校生である俺にとってのその映画の楽しみ方の解だった。

気がつくと映画は終わっていた。

座椅子に寝転がると、碧の文庫本がベッドの下に置いてあるのを見つけた。

まだぎくしゃくする前に、碧がここに来て読んでいたものだ。読み終わってそのまま忘れていったのだろう。今まで気がつかなかった。

この部屋で碧が本を読んでいた日、唐突に本を閉じた碧が俺を見た。

「怖いシーンだからちょっと来て」

笑いながらそう言われたときのことを思い出す。

なにげなく本を手に取ってみると、それはもう薄く埃《ほこり》がのっていた。

碧が戻ってきたのは夏休み最終日の夜だった。

夜中に父が車で迎えにいき、碧は戻ってすぐ部屋に籠《こも》ったので姿は見なかった。話をするには遅い。それでも挨拶だけでもしておこうと、扉をノックする。

「碧、話できるか？」

中から静かな声が返ってきた。

「……疲れてるから、明日でもいい？」

そう言われては、無理に話はできない。せっかく帰ってきたのにその日は顔を見ることもなく、隣の部屋でゴソゴソと人が動く気配だけを感じていた。

翌朝は二学期の始業式だったが、碧は朝からずっと姿を見せなかった。

部屋の前まで行って、コンコンと小さく扉を叩《たた》いたが、反応がなかった。

リビングに降りると「碧ちゃんなら先に出たわよ」と言われた。

一瞬目と口が開いた。困惑したが、すぐに思い直す。

どのみち学校で顔を合わせるだろう。

——そう、思っていたが。

「末久根、月城さんは？」

「……知らん」

「彼氏なのに？」

「………」

碧は学校に来なかった。

教室でかわるがわる同じことを聞かれ、俺は全部に同じ返事を返した。

つつがなく始業式が終わり、湯田が話しかけてきた。

「碧さん、どうしたんですか」

「昨日帰ってきてんだけどな……」

「実は私もさきほど連絡したんですが、まだ返事がないです……」

「あ、そういや夏休み、湯田の家泊まったんだよな。何してたんだ」

「あの日は……なんだか疲れていたようでしたので……のんびり映画など観てましたら泣き出しまして……」

「……おお」

「そのときお話はしましたが、私から末久根さんに言えるようなことは特にないです……」

「なになになになになんの話？」

赤彫がものすごい勢いで寄ってきたので、それ以上の話はなかった。湯田と赤彫はどこかに寄って帰る算段を立てていたので、手を振って先に学校を出た。

帰宅したが、家には誰もいなかった。

碧の部屋の扉を叩いてみるが、やはり人の気配はない。

誰もいない午後は妙に静かだった。

どこにいるかもわからないし、夜には帰るだろう。そう思って映画を観ようといくつか選んでいたけれど、気が散ったので結局やめた。

碧に電話をかけてみるが、出ない。

家の中をうろうろしながら何度かかけていると、碧の部屋から鳴り響く着信音と振動音が聞こえた。出ないはずだ。

また、ふわっと勝手にどこかに行ったのだ。

俺は早く話がしたかった。碧がいない間に考えたこともある。何より距離だけ置かれて何をしていいかもわからず、力にもなれないと思っていたときとは状況が違う。

だんだん腹が立ってきて、制服のまま外に出た。

窓の外は気持ちのいい青空が広がっていた。

碧がどこに行ったかを考える。

碧の変化

あたしの目の前に河が流れていた。

少し離れた街でも、河の名前は変わらない。大きな河なのだ。

憎たらしいくらいに美しい日だった。

風がそよそよと草を揺らし、雲が静かに流れている。時間が止まってるみたいに静かで平和だった。

あたしは夏が来るまではずっと、幸せだった。

親友というのは、とてもいい関係だと思っていたし、実際何も問題はなかった。

あたしは悠と友達になりたかったし、実際に友達になれて嬉《うれ》しかった。親友になれたのも嬉しかったし、そこに嘘《うそ》はない。

そもそもあたしはきっと最初は、どうしても悠とまた仲良くなりたかっただけだった。

それで、自分が異性にモテることはわかっていたから「付き合ってほしい」と、そう言えば、一番簡単に仲良くなれると思ってそうしたのだ。

だから振られて友達になってくれるというそれは僥倖《ぎょうこう》だったし、過ごす時間が長くなるほどに、その関係は二人にとって正しかったと思わされた。

悠は女性に対しては不信をこじらせていたけれど、本質的には人懐《ひとなつ》っこい人間だ。一度懐《ふところ》に入れた人間に対しては相手が望めばとことん仲良くしてくれる。あたしに対しても警戒が解けてからはどんどん遠慮がなくなっていった。

かといって男友達と同じかというと、確実に扱いは違う。でも、恋人ではない。

それはあたしたちにとっては異性の親友だった。側《はた》から見たら恋人と何が違うのと言われる関係でも、あたしたちの中には明らかな線引きがあった。

あたしは自分にとって一番いい関係を見つけられたことに満足していたのに、やがてそれが周りを巻き込む形で、恋人と限りなく似て非なるものだったがために、感覚がおかしくなっていた。勘違いしていた。恋人ではなくとも、同じくらい特別な関係だと思ってしまっていたのだ。

きっかけは、夏休み直前に咲良《さくら》があたしと悠を呼び出したときに言った言葉だった。

「友達は複数いるものですし……私は好きな人とは付き合いたいです」

彼女はこともなげに言った。

当たり前だ。親友は二人いてもおかしくないし、親友に恋人がいてもおかしくない。

そうしたらなんだか、素晴らしいはずの親友関係が急に、自分が言い聞かせていただけの玩具《おもちゃ》みたいなものに感じられてしまった。

あたしはべつに、恋人になりたいのを我慢して親友をしていたわけでもないのに、そう感じられるようになってしまった。咲良がそれを言い切れることにも、好きな人と付き合うことにも、なぜだか羨ましくなってしまった。

それで、あたしはもう悠のことが好きなのだということにはたと気がついた。

いつからなのかは正直わからない。もしかしたら最初からかもしれないし、つい最近からかもしれない。そんなの関係なくても、悠はずっと特別だった。

どちらにせよ気づいてしまったあたしは、好きな人と、何をバカな友達ごっこをやっているのだろうと、そう感じてしまった。

とても良好な親友関係の最中にあたしはひとりだけ我に返ってしまった。

冷静になると、その距離感はおかしかった。

そうしたら、それまで友達として平気でやれていたことが全部できなくなった。

ふとしたときに好きだなぁと思う。そうすると、目を合わせられないし、見られると過剰に意識して恥ずかしくなる。なにげなく触れられると発火するように体が熱くなるし、そのくせ触れたくなる。

嫉妬をする。恋人同士が羨ましくなる。そうでないことにいちいち悲しくなる。

こっちがこんなに意識してしまっているのに、この人は自分のことをまるで女子と思ってないんじゃないか。以前と変わらない悠に対してお門違いの怒りだって湧いた。

それとは別に悠の女性不信が薄くなってきているのを感じていて、それにも焦《あせ》るような感覚があった。たとえば悠が、急に告白してきた女子と付き合い出したとしても、あたしは何も言えないのだ。

親友は相手の恋愛を邪魔したりしない。

あたしはその枠に入ってる以上、最初から恋愛の枠で現れる女子とは違う。

それでも、やっぱりあたしは親友のままでいたほうがいいのだとも思って、悩んだ。考えすぎて、熱まで出した。

その間の悠の困惑はしっかり伝わっていた。

彼が呆《あき》れたときにたまにする目は、入学当初のころのものと同じだった。

あたしや、クラスの女子を見ていたときの、わけのわからない生き物を見る目。きっと「女って面倒くさい」と、そう思っていたのだろう。

そう思われるのは嫌なのに、そう思われないようにする関係は今までと何も変わらない親友のそれでしかなくて。

結局、あたしはきっと、ずっと親友でいるのは無理だった。

でも、悠はそうじゃない。あたしと親友でいるのを楽しんでくれている。

あたしと女子として付き合うことを楽しめる男子はきっとたくさんいるのだろうと思う。

でも友達として楽しめる男子はたぶんいない。悠くらいしかいない気がする。

だからそれはものすごく貴重だし、嬉しいことなのに。よりによって、そのたったひとりの悠にだけは女子として見られたくなってしまった。

それでも、伝えたあとには大事なものを自分で壊してしまった気持ちに傷ついた。なんで言ってしまったのだろう。気持ちは戻れないくせに後悔ばかりしている。

今日から始業式なのに、悠と顔を合わせる勇気もなくて、早めに制服を着て家を出たのに結局学校とは違う方向に歩いてしまった。

あたしはつくづく暗い女だ。人と関わるのが苦手で、だから悠に憧れたのだ。

悠は友達として関わる相手に気負わせない雰囲気がある。そのままでも楽しそうにしてくれて、自然な自分を受け入れているのだと思わせてくれる。

今はその悠ともうまく話せる気がしない。悠は友達のことは壁もなく受け入れてくれるけれど、異性のことは真逆なまでに拒絶する。

でもきっと、最初に異性として彼に壁を作ったのは、彼の周りの世界のほうだったのだろうと思う。あたしも同じように、その壁を作ってしまった。

でも、距離を取りたいわけじゃない。友達よりもっと近づきたいからだ。

しばらく親に会いにいき、悠と離れることになって、最初はホッとしたのにすぐに会いたくなった。でも、帰ってきても結局顔は合わせられない。

あんなことを言って関係性を壊して、どう接したらいいのかわからない。

電車に乗って、そこから歩いてきた場所は、小学校四年のころに悠と来た場所だった。

あのころ、ものすごく遠くに来たと思っていたのに大人になると前の家とそんなに離れてないのがわかる。子どもには少し遠いけど、歩いてだって来れる距離だ。

あの日まわった場所をぐるぐると歩いてみたけれど驚くほど狭い範囲だった。

駄菓子屋はつぶれて、犬の置物があった家は引っ越したのか表札が替わっていた。

でも、通りかかった中学校は同じようにそこにあったし、小さな公園の遊具は古ぼけていたけれど、あの日と同じようにどんぐりも落ちていた。

綺麗《きれい》などんぐりを探して、ふたつ拾ってポケットに入れる。

空もあの日と同じように青くて、大きな景色は変わっていない。

あたしの少し前を、あの日のあたしと悠が手を繋《つな》いで歩いているような錯覚を覚えた。

あたしと悠はあのとき信号ではぐれた。

青信号の前までいって、渡らずにそのまま、近くの土手に座り込む。あの日迷った挙句に泣きながら座り込んでいた場所だ。

そこから眺める空と河はあまりに穏やかで平和だったけれど、あの日感じた心細い気持ちは同じだった。あたしはあのころから何も変わっていない。

もうずっとここにいようかな。

もう、十年くらいずっと誰とも会わず、ここで座ってればいいんだ。でも、そうしてる間に悠は大人になって、誰かと付き合って結婚したりするのかもしれない……。嫌だなぁ。あたしがここで座っている間に家族でお花見に行ったり、子どもの運動会とか出るのかもしれない……。

だんだん思考に整合性が取れなくなり、益体もないことばかり考えて泣きそうになっていたそのとき、頭上から声が聞こえた。

「碧、いた！」

「え、ええっ」

声の主は勢いよく走ってきて、河川敷《かせんじき》の斜面を半ば飛び降りるようにして、すぐ近くに来た。

「悠……」

「碧は昔からいつもそうだよ！　すぐいなくなって、ひとりで勝手にメソメソして」

「う……」

その通りなので何も言えない。

「……なんで返事聞かないで逃げてんだよ！」

「……だって、悠は」

「俺は……」

悠が何か言いかけたので立ち上がって耳を塞いで逃げ出した。

「うわ、待てって！　なんでそうやってすぐ……」

「聞きたくない！　聞きたくなーい！」

「聞かせる！　絶ッ対に返事してやる！」

悠がものすごい勢いで走って追ってきた。

土手を駆け上がってまっすぐ走る。

こんな追いかけっこは幼児のとき以来かもしれない。あのころは大体すぐに追いつかれていた。

大丈夫。あたしの足はあのころよりずっと速い。

思い切りスピードを上げた。風が顔面に当たって、髪の毛が引っ張られるように後ろになびく。

体育祭のリレーのときより本気を出して、全力で走ったのに。

「いつまで逃げるんだよ！」

「わっ、きゃ」

追いつかれて腕を摑《つか》まれた。勢いがよすぎてそのまま二人ともバランスを崩し、土手の芝生をゴロゴロ転がり落ちた。

最近短く刈られた芝生は秋に向けて乾燥してきていて、肌にチクチクと痛い。

ぱっと見ると顔に土をつけた悠が、倒れたゾンビのように起き上がろうとしている。まずい。だいぶ息が切れていて、素早く動けない。なおも這《は》いつくばって逃げようとしたら押し倒されて固定された。

お互いの息がぜえぜえ荒くて、うまくしゃべれない。

悠が先に持ち直して、口を開こうとする。

待って。聞きたくない。そう言おうとするけれど、喉がカラカラで声が出ない。

陽《ひ》の光が眩《まぶ》しくて暑い。

悠の背後に、丸くて大きな空が広がっているのが見えた。

「碧、俺は――」

エピローグ

休み時間に、教室で月城碧《つきしろあおい》が本を読んでいた。

教室はざわめきに満ちていたが、彼女の周りの空気だけは整然としていた。

時折耳からはらりと落ちた髪をかけなおして、ただ本を読んでいるだけだというのに素晴らしくクールだった。

俺は自分の席に座り、見るともなしにそちらに視線を向けていたが、近くに座っていた女子数人のうちのひとりが話しかけてくる。

「ねーねー、末久根《すくね》」

「なんだよ……」

「今話してたんだけど、本当は月城さんと付き合ってないんでしょ。いつも否定しないけど、肯定もしないもんね」

「マジか！」

近くの机で突っ伏してた八神《やがみ》がガバッと顔を起こす。

「本当か!?　そうなのか末久根！」

「いや、付き合ってるよ」

「マジか！　やっぱり飛び降りる！」

「八神がまた！　だ、誰か止めてー！」

窓際《まどぎわ》で軽い騒ぎが起こる中、扉付近のクラスメイトが声を上げる。

「月城さんにお客さんだってー」

碧が文庫本を机に伏せて入口まで行った。

「あのっ、話があるので、校舎裏に来てくれませんか！」

「付き合ってる人がいるから、そんなとこ行くの無理」

その声は静かだったのに、教室に響いた。

「うがぁああぁぁー！　誰も俺を止めてくれるなぁー！」

「や、八神ー！　あんたいつまで月城さん月城さんて言ってるのよ！　あた、あたしを見なさいよぉー！」

「え……藤本《ふじもと》……お、お前……まさか、俺のことを……？」

「あんた鈍すぎなの！」

教室が大きなざわめきで満ちた。

その日、教室はどさくさ紛れに爆誕したカップルの話題で持ちきりだった。

多くの他人にとって、俺と碧が付き合っているのかいないのかなんて、きっとどうでもいいことだ。それに、関係性なんて当人同士がわかっていればいい。

夏以降の碧は何を考えているのかまったく知れなかった。

だからその間の碧はずっと、俺のものすごく苦手な『女子』だった。正直、その態度に嫌な記憶が何度か呼び起こされたりもした。

それでも話そうとしたのは、碧との関係がなくなるよりはずっとマシだと思ったからだ。

冬に俺と碧は親友となった。

周りがなんと言おうとも、関係性は二人で決めるもので、その名前だってなんでもいいと思っていた。

でも結局、俺も碧も、そのとき便宜的につけてしまった『親友』という名前に囚《とら》われていたのかもしれない。

逆にそこから、その名前の領域から慎重に外れないようにしていた。

俺にとってそれは、碧を苦手な『女子』のカテゴリに入れないようにするためだった。

俺は彼女を『親友』というカテゴリに入れることで、自分が理解できるものだと思おうとしていた。

でもそれは、馬鹿馬鹿しい言葉遊びでしかなかった。

親友だろうが、友達だろうが、恋人だろうが、どんな人間関係も終わることはある。

そして幼馴染《おさななじ》みだろうが、親友だろうが、女子だろうが、碧は碧だ。

どんな名前がついた関係だったとしても、理解できなくても、そこにいる彼女は何も変わらない。

もしかしたら俺が『女子』という生き物のことをわかる日は——いや、女子に限らず、誰かのことを深く理解する日は、永遠に来ないのかもしれない。

他人というのは根本的にいつまで経《た》っても「何を考えてるか知れない」ものなのだろう。

ただ、理解はできなくても、信頼することはできる。というか、それしかできない。

月城碧は俺にとって、どんな名前だろうが、なくてはならない存在になっていた。

＊　＊

「悠《ゆう》、帰ろう」

放課後の教室で碧が鞄《かばん》を持って俺の席に来た。

まだ残っている生徒も多い教室はいつも通り笑い声や話し声のざわめきに満ちている。

俺と碧が一緒に鞄を持って歩き出しても、もう誰も気にしていない。

実際はつい先日から付き合いだしたのだが、ずいぶん前からそう思っていた周りにとっては以前と変わらないのだろう。

校門を出た碧が思い出したように言う。

「あ、今日水曜日か。あたし、久々になんか作ろうかな」

「じゃあスーパーに寄っていこう」

「悠、なんでもはなしで、リクエスト。何がいい？」

「うーん……餃子《ぎょうざ》。餃子が食いたい」

「意外なとこきた」

スーパーに入って、スマホで材料を検索して、売り場をまわる。

「何個くらい食べるかな」

「わからんけど、余っても親が食うかもだし、多めにしとこう」

「この皮はどっちがおいしそうかな？」

話しながらカゴに材料を放り込んでいく。

自宅に戻り、碧が餃子のタネを仕込んだ。

それから、テーブルに座って二人で餃子の皮で包んでいく。

あれから、碧にあったピリピリとした空気は消えて、すっかり元に戻ったように感じられる。

「とりあえず、俺は碧が元に戻ってくれて嬉《うれ》しい……」

「元に？」

「ずっと変だったろ」

碧が餃子の口を閉じて、ひとつぽんと皿に置いて答える。

「変って？」

「こう、不安定というか……」

碧が餃子の皮を摘《つま》んで、顔を隠すように掲げる。

「その、不安定な人というのは……もしかしてこんな顔をしてませんでしたか？」

「のっぺらぼうか！」

碧は小さく笑ってから、餃子をひとつ作った。

「確かになんか、妙に焦《あせ》ってたのは解消されたけどさ……」

「うん？」

「でもあたし……戻ってなんてないよ」

「え、そうなのか」

「うん。前よりずっと、悠が好き」

けろりと答えてニッと笑う碧は確かに前と少しだけ違う気がしたけれど、やっぱり俺のよく知る月城碧だった。

「あたしは嬉しいんだけど……悠は大丈夫？」

「何が？」

碧は下を向いて餃子の皮を指でもてあそびながらモジモジと小声で言う。

「関係変わるの心配じゃない？　あたし、要するにきっと……一番は、束縛したかったんだよ……」

「どんな関係でも束縛するやつはするし、浮気《うわき》するやつもいるよ。恋人関係じゃなくても相手が嫌がると思えば他人との接触に気を遣い合う関係もある」

世の中には浮気ばかりして憎み合う夫婦もいるだろうし、好意とは離れたところで性行為だけをする友人同士もいる。恋人以上に想《おも》い合っていても付き合わない関係だってきっとあるだろう。ラベルと違う関係性はきっと腐るほどある。

だから俺は名前はあまり気にしていない。

碧の認識がそのほうがいいならそれで構わないが、周りがどう思うのかだって、すでにずっと、事実とは違うものがまわっていた。

信頼関係さえあれば、相手が嫌がることはお互いしない。

どんなラベリングをしようが、結局は一対一の、人と人でしかない。何も変わらない。

ただ、そう思えるのは相手が碧だからだ。

「俺は……どんな関係でも碧は碧だし……なんだかんだ、楽しくなってきた」

「悠だねえ……」

「碧はなんか心配なことがあったりする？」

「ううん。悠と一緒だから、大丈夫。いつもそうだったもん」

「二歳かそこらの時点ですでに……俺が手を引っ張って、危ない感じに滑り台ゴロゴロ滑り落ちてたけど……」

「え、また一緒にゴロゴロ落ちようね」

「ついこの間も河原でゴロゴロ滑り落ちたばっかだろ……」

「そうだった……悠はもう手、大丈夫？」

一緒に倒れたときに手を擦りむいて、あとで見たら普通に流血していたので手当てしてもらった。

「うん。もう治ってきてる。碧はどこも怪我《けが》なかったか？」

「うん。倒れたとき悠が下敷きになってくれたから」

碧はそう言って笑って、おもむろに立ち上がった。

それから俺が餃子を包んでいる椅子の背後に来て、がばっと抱きついた。

「うわぁ！　急になんだ！」

「さっそくだけど……さすがに親友ではできないことかなあと思っていたことです」

横目で顔を見ると、碧はぱっと離れて顔を覆った。

「ひゃあ……思ったより……ドキドキする」

碧は、なんだかすごく楽しそうだった。

「俺もやってみていい？」

「え……いいよ」

碧が椅子に座る。妙に背筋の伸びているその背後にまわりこんだ。

小さな頭にはつやつやした髪の毛が流れている。細い肩はどこかこわばったように緊張しているようだ。

数秒眺めていると、どこか困った顔で振り向いた。

「悠、やるなら早く……」

「あ、悪い」

碧の背中から手を伸ばして首に腕を巻いて抱きしめる。

ふわんとした匂いが香る。

柔らかくて、温かい。碧の耳が赤く染まっている。

なるほど。これが親友ではできないことなのか。温かくて気持ちいい。

それに、ちょっと前までうっかり触るとやたらと避けられていたので、それがないのが地味に嬉しい。しみじみしてしまう。そうか。もう大丈夫なのか。そんな安心感も手伝って、なんだかむちゃくちゃ安らぐ。

遠慮なくぎゅうぎゅうしていると頬と頬がぴたりとくっついた。

「なんかくすぐったい」

小さく笑った碧が顔をわずかに離すと目と目が合った。

今度はおでこをこつんとぶつけてくる。

碧がほんのりと頬を赤くさせ、そっと目を閉じた。

しかし、次の瞬間、がばっと目を開けてびくっと肩を揺らした。

「悠、聡子《さとこ》さんじゃない？」

「え、なんか音した？」

「早く離れないと」

「違うだろ。今日水曜だし」

なんとなく離れがたくて、そのままでいると玄関から能天気な声が聞こえてくる。

「ただいまあー。今日は早めにあがれたよーん」

うっかり脳がふわふわしてしまっていたのが一瞬で現実に返る。

「ほ、本当だ！」

「ほら！　早く離れて」

「わ、わかった！」

しかし、俺の注意力が鈍かったせいで母の移動速度に追いつかなかった。

扉が勢いよくバンと開く。

びっくりした俺はとっさに隣の椅子の背を抱え後ろに倒れた。

世に言うジャーマンスープレックスだった。

「悠、なにしてんの」

ビニール袋を両手に持って入ってきた母が気の抜けた声で聞いてくる。

「ジャーマンスープレックス……の練習」

「あらそう。あのね、練習終わってからでいいんだけど～、さっきスーパー寄ってきたのに、私ったらうっかり牛乳買い忘れちゃったのよ。入ったときには覚えてて牛乳牛乳～って思ってたのに、あれね！　きっとお味噌のコーナーで知らないおばさんと、どの味噌がいいか話してるうちに忘れちゃったのね！　だってその人すっごい迷ってるのよ～」

「結局何の話？」

「牛乳買ってきて」

ものすごく短く終わる話を本筋と関係ない部分でダラダラされていただけだった。

「人使い荒いな……」

「何もスーパー行けってんじゃないんだから、いいでしょ。コンビニは徒歩五分！　五分っていったらあんたの好きな大きめのカップ麺待ってる時間くらいのもんなんだから、あらっ、あれ六分だったかしら……悠、なんだっけあのカップ麺の名前……確か……あらっ餃子？　あなたたち餃子作ってたの？　餃子ね……これ」

「わかった！　俺、今すぐ牛乳買ってくる！」

逃げるようにリビングを出ると、碧も追いかけてきた。

「悠、一緒に行こ」

玄関のドアを開けて浴びた夕方の陽射《ひざ》しはまだ夏休みの続きのようだった。

それでも、外を歩くと秋の虫の声が時々聞こえてくる。

陰影が濃い時間帯の住宅街を歩く。

付近の住宅の植木の葉の色はわずかに色づいているが、まだ当分落ちそうにない。

住宅の壁や、樹々《きぎ》の葉も枝も、すべてやわらかくて黄色い光に照らされている。

どこかの家からカレーのような匂いがする。

また別の家からは子どもの声が聞こえてきた。

通った家の前では水を撒《ま》いている人がいた。陽射しに焦がされたアスファルトが水に濡《ぬ》れて独特な匂いがする。黄色くて眩《まぶ》しい夕方の世界だった。

碧が急に立ち止まった。

「お財布持ってきたっけ」と言いながら、もぞもぞとポケットを探る。

「あ」

碧が制服のポケットに手を入れたまま固まった。

「え、忘れた？」

「ううん。悠、手、出して」

手のひらを碧の目の前に出す。

その上に、ころんとしたどんぐりがひとつのせられた。

「なんだこれ」

「これは、今年の九月一日の記念品」

「うん？」

「まだあんまり落ちてなかったから貴重」

そう言って碧がもうひとつ、手に持った自分のどんぐりを見せて楽しそうに笑った。

手のひらの小さなどんぐりを見つめる。

どこにでもある変哲のないどんぐりに夕方の光が当たり、きらめいていた。

それは俺と碧が積み重ねてきた日々に与えられた、小さな勲章のようにも感じられた。

あとがき

こんにちは。村田天《むらたてん》です。

夏に書いていた話の続きを秋に書けることになり、この作品でまたお会いできて、たいへん嬉《うれ》しいです。

いろんな方のおかげで二巻を出させていただくことができて本当にありがたく思っています。商業を知れば知るほど作者ひとりの力は本当にミクロなものだと感じています。

一番は読んで応援くださった方たちのおかげです。ありがとうございます。

今巻の内容につきまして。

私は親元を離れて暮らしてもう何年も経《た》つのですが、先日久しぶりに地元の駅に帰ったとき、自宅の最寄《もよ》り行きのバス停の位置がいつの間にか変わっていました。

近所に昔からあった団地は壊されて更地になっているし、ずっとあった店は潰れているし、見たことのない店がそこに鎮座してるしで、結構な変化でした。加えて久しぶりに会った親とは気づけば価値観がかなり離れていたり、端々に老いを感じるようになったりして、それでいて絶妙にイラッとくる発言をサラッと落としてきたりするところは相変わらずでした。

一日単位ではほとんど変化がない日々なのに、気がつくと以前いた所とは大きく離れた場所にいる。でも、地続きで続いてはいる。

そんな変化や、その中で変わらないものなどもしみじみ思い出して書きました。

一巻刊行のおりに引っ越した街にも少し慣れて愛着が湧いてきました。

いろんなお店や道があって、なかなかに楽しいです。

お読みくださったすべての方と、本作に関わってくださったすべての方に感謝を込めて。

二〇二一年　初冬　村田　天

お便りはこちらまで
〒一〇二―八一七七
ファンタジア文庫編集部気付
村田天（様）宛
成海七海（様）宛

富士見ファンタジア文庫

クールな月城《つきしろ》さんは俺《おれ》にだけデレ可愛《かわい》い2

令和4年2月20日　初版発行

著者――村田《むらた》 天《てん》

発行者――青柳昌行

発　行――株式会社KADOKAWA
〒102-8177
東京都千代田区富士見2-13-3
0570-002-301（ナビダイヤル）

印刷所――株式会社暁印刷

製本所――本間製本株式会社

※定価はカバーに表示してあります。
●お問い合わせ
https://www.kadokawa.co.jp/（「お問い合わせ」へお進みください）
※内容によっては、お答えできない場合があります。
※サポートは日本国内のみとさせていただきます。
※Japanese text only

ISBN978-4-04-074476-6 C0193　◇◇◇

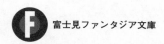

切り拓け！キミだけの王道
ファンタジア大賞
原稿募集中！
賞金
《大賞》300万円
《金賞》50万円
《銀賞》30万円
選考委員
細音啓「キミと僕の最後の戦場、あるいは世界が始まる聖戦」
橘公司「デート・ア・ライブ」
羊太郎「ロクでなし魔術講師と禁忌教典《アカシックレコード》」
ファンタジア文庫編集長
前期締切 8月末日
後期締切 2月末日
公式サイトはこちら！ https://www.fantasiataisho.com/